齐鲁文化
研究文库

墨子大义述

伍非百 著

齐鲁文化研究文库

学术委员会主任：陈　来
　　　　副主任：王志民
委　员（按姓氏音序排列）：
　　　　程奇立　杜泽逊　方　铭　李存山
　　　　孙家洲　田汉云　王钧林　王震中
　　　　王中江　王洲明　杨朝明　杨庆存
　　　　郑杰文

主　编：王志民
副主编：王洲明　王钧林　张　磊

出版说明

《齐鲁文化研究文库》从文化与学术两方面，精选了二十世纪以来历代学人对于齐鲁文化的研究成果，重印出版。"文库"所收之书，均为当时最能代表齐鲁文化研究水平的著作：或为一领域之集成之作；或其学说能成一家之言；或其在当时条件下于文化、学术方面有所创新、突破，而在今日看来亦能有益学林者，概均以其能反映当时文化与学术之面貌为准则。

民国时代，处中西文化、学术相碰撞与交融之时代，也是中国学术转型之滥觞；民国学人，学为通学，兼及中、西，为文渐脱清代考据之风，而汪洋恣肆、信手拈来。文意顺畅、思想通达，但以今日标准观之，于编校处问题亦多，为保其原貌，便于研读，在编辑整理中拟遵循以下之准则。

一、所收之书，原版均为繁体竖排，此次出版均改为简体横排。

二、文字繁转简及标点符号使用，均按现代汉语使用规范处理。

三、为充分尊重原著，书中原有之人名、地名、书名等，凡不影响阅读之处，对原文一仍其旧，不作改动。

四、原著中所引之文献，多有不注出处或省略更改者，但为保其原貌，倘不失原意，均以原版文献呈现，不以今本或其他底本为据修改。如确需校改者，则以"编者注"形式说明。

五、凡属原著排印错误，或系作者笔误，均做修改，但不出校记。

六、原书因书页残缺、字迹模糊等原因而不可识者，所缺字数用"□"表示；字数难以确定者，则用"（下缺）"表示。

我们虽竭力而为，但疏漏谬误，在所难免，望方家不吝指正。

目 录

序/ 1

自 序/ 1

目 录/ 1

前编/ 1

墨子姓氏生地及时代考略/ 2

墨家学术渊源/ 10

本编/ 15

绪 论/ 16

第一章 兼爱/ 20

第二章 非攻/ 58

第三章 尚同/ 78

第四章 尚贤/ 92

第五章 天志/ 104

第六章 明鬼/ 108

第七章　节用／112

第八章　节葬／120

第九章　非乐／124

第十章　非命／133

结　论／139

序

　　外子伍非百先生，自幼好为诸子之学，尤喜庄周孟轲语。既长读《墨子》，至《经》上下而难之，因复发愿校释，久之有得，遂泛及名家言，欲以复古名学一派。时人以其治墨辩，相与墨之，非其素也。先生博览百家，垂三十年，不轻著述。昨者友人过从，谓当今世乱，无异周末，曷弗以墨子学说，发挥引申，用救时弊。乃草为是书，以条理密察之文，述博爱大同之学。将见《墨子》诸篇，微言大义重明于世，世之人得其说而存之，其于身心家国人类，庶有一南针乎。先生为学精博，多历世变，此编之作，虽所述唯墨，然每遇一问题，皆穷源竟委，旁征曲证，必尽其底蕴而后快。内切身心，外关社会，发前人所未发，言诸家所不言，洵自有墨子以来，一大创作也。嗟乎，今世乱亟矣。墨子有云："当世仁人君子，将欲兴天下之利，除天下之害，亦尝察乱之所自起乎。"倘察乱之自所起，吾知其必于是书有得也。

民国二十二年十月三日王元德序

自序

一、本书保留著作权，放弃版权。倘有一得，任人翻印，谨守墨家"余力相劳，良道相教"之意。

二、本书创稿于民国十九年，脱稿于二十一年。几经改易，人事多端，勉于本年出版，颇有前后体例不一，详略失中之病。但于墨家要旨，叙述矜慎，远而不敢离其本，近而不肯失之陋，尚希读者谅察。

三、谈墨家者每喜轻儒家，因而非孔，此大失古谊。孔墨同出一源，墨子有取于孔，乃系史实。故于篇首述墨子时地及学术源渊，以明孔墨之关系。结论于儒墨不同之点，及儒家末流之弊，亦颇指出，非敢有诬先圣也。

四、墨子十义，皆为针对时弊而发，坐而言者，可以起而行。今虽时移世换，而世运治乱之内心与外物关系，靡不相同。故本书仍分十章，依墨家之标题，所以遵奉家法，范围人心。若其制作条教，见诸施行，是在读者之入其俗，观其政，自为斟酌以知所从事焉。本编于兼爱、尚同、非攻、节用，颇有言外之旨，骤视若疏于大义，细验皆协乎微言。

五、本书各章节所述，欢迎海内贤达讨论，并望赐之针砭。倘因此使先墨得以发明，新墨得以继起，尤厚幸也。

伍非百于第一次出版日自序

前编

墨子姓氏生地及时代考略

一、墨子姓氏

九流皆以学名家，而墨独系姓，或者疑墨为学派之名，后世遂专称之。此言无据，未敢置信。夫九流之有墨，犹百家之有儒也。当时言百家者，或言儒墨，或言杨墨，或言儒墨杨，或言慎墨惠季。今因九流中八家皆学派之名，而墨独系姓，遂疑墨亦学派之名。何异以百家中儒墨杨惠季并称，自墨以下皆系姓，而儒独著学派之名，遂疑儒亦系姓可乎。盖九流之称，始于班固，固以前无有也。当时称诸子者，举其显学，则曰儒墨，曰杨墨，曰儒墨杨，曰慎墨惠季，除儒家外，皆姓也。若举其概数，则泛称百家。如《荀子·成相》篇"百家之说诚不详"是也。秦始皇既并天下，李斯请焚《诗》《书》"百家语"。汉武时因董仲舒策，罢除"百家语"。是班固以前，通称百家，不言九流也。九流所著九家，乃本司马谈《六家要旨》。于六家外，增小说、纵横、农三家。谈之六家，则据《尹文子》儒、墨、名、法、道五家外，而增阴阳家。由此观之，九家之得名，乃由百家逐渐增省而成。故其所收，不尽纯乎九家而时有出入也。要之，总诸子百家之说而约之为九，乃后世学者结束之事，非当时异派争鸣之史也。今有人乃据后世学者结集之参差，而断当日史迹之真伪，岂非以王莽《大诰》而说《尧典》哉。原夫古今学派之得名，或以姓，或以名，或以学，或以地望，甚者或以其人之服食色态，至无定也。及其既成，流风所被，后世亦沿称之。何必问当时名号之齐一与齐一哉。是故疑墨家学派之得名，以学不以姓而墨子为不姓墨者，亦可恍然矣。至其因是推论，谓墨翟师大禹，禹之师曰墨如，遂疑墨子从其教姓，更不值辨。使前乎墨子而从教姓，则大禹当名"墨禹"。后乎墨子而从教姓，则田俅、胡非、禽滑厘当名墨俅、墨非、墨滑厘矣。若谓墨学以翟而显，人因称之，则孔何以不称"儒丘"，杨何以不称"道朱"，惠施、公孙龙、申不害、邹衍，何以不称"名施""名龙""法不害""阴阳衍"耶？是知舍其有据而寻其无据，舍其所可信而证其所可疑，必不成功矣。孔子曰："索隐行怪，后世有述焉，吾弗为之矣。"吾于疑墨非翟姓者亦云。

二、墨子生地

言墨子生地者，或曰楚人，或曰宋人，或曰鲁人。楚人之说，因墨子与鲁阳文君有关。鲁阳楚邑，故疑为楚人。考《贵义》篇云："墨子南游于楚。"若自鲁阳之郢，当云游郢，不当云游楚。又墨子南游使卫，自鲁阳往卫，当云北游，不当云南。《渚宫旧事》，载鲁阳文君说楚惠王曰"墨子北方贤圣人"，则其非楚人可知。至宋人之说，因《史记》云"墨子宋大夫"，又本书载"墨子说公输般而救宋"，邹阳言书"宋任子罕之计，囚墨翟"。故班固因之，谓是宋人。不知墨子行其义，不谋其利。周说天下，突不得黔。不肯受楚越之封，安见仕宋人之朝。其说鲁救宋者，乃为教义使然，急人之难，如其自身。视天下为一家，固不必问其为宗邦非宗邦也。其所谓"宋大夫"三字，大约为史家揣量之词。藉云仕宋有征，亦未便是宋人。《公输》篇言："墨子归而过宋。"既云过宋，则非宋人又可知。以上楚宋二说，皆不能立。唯鲁人之说，较为有据。（一）《吕氏春秋·大慎》篇："公输般将以楚攻宋，墨子闻之，起自鲁，十日十夜，至郢。"（《淮南·务修》篇载此事，亦云自鲁趋而往。）（二）《墨子·贵义》篇云："墨子自鲁即齐。"（三）《鲁问》篇："越王使公尚过以束车五十乘迎墨子于鲁。"（四）《吕氏春秋·爱类》篇："墨子自鲁往见荆王曰，臣北方之鄙人也。"以上四项，均足为墨子鲁人之证。此外如鲁子书所载往还不甚知名之人及琐事，类多为鲁人鲁事，亦旁征也。

三、墨子时代

《史记·孟荀列传》云，或曰"并孔子时"，或曰"在其后"。史公去古未远，值墨学衰微之际，对此异派大师，不肯略加考究，余深惜之。近代学者，据《墨子》《吕览》诸书，所载当时往还人物，推较先后，以定墨子生存之年代。其事虽觉茫芴，然参资互较，亦可得其约略。兹举毕孙六家说于后：

一、毕沅说。《墨子》书称中山诸国亡于燕代胡貊之间，考中山之灭在赵惠文王四年，当周赧王二十年，则翟实六国时人，至周末犹存。(《墨子序》)

二、汪中说。墨子适与楚惠王同时。(《耕柱》《贵义》《鲁问》)其年于孔子差后，或犹及见孔子。《非攻》篇，言智伯以好战亡，事在春秋后二十七年。又言蔡亡，则楚惠王四十二年，墨子并当时及见其事。《非攻》篇，言今天下好战之国，齐晋楚越，又言唐叔吕尚邦齐晋今与楚越四分天下。《节葬》篇言诸侯力征，南有楚越之王，北有齐晋之君，明在勾践称霸之后。(《鲁问》篇越王请以故吴地封墨子五里，亦一证。)秦献公得志之前，全晋之时，三家未分，齐未为陈氏也。

三、孙诒让说。窃以今五十三篇之书推较之,墨子前及与公输般、鲁阳文子相问答,则墨子之后孔子益信。审核前后,约略计之,墨子当与子思同时,而生年尚在其后。(子思生于鲁哀公二年。)盖生于周定王初年,而卒于安王之季,盖八九十岁。

四、胡适说。墨子决不及见吴起之死。《吕氏春秋·上德》篇谓吴起死,阳城君得罪逃走,使墨者钜子孟胜守焉,楚王使人收其地,孟胜与其弟子一百八十人俱死焉。孟胜将死,使墨者弟子二人属钜于田襄子,曰勿使墨绝于世。据此则吴起死时,墨学已成一种宗教,其时墨者钜子传授之法,已成定制。而田襄子谓孟胜弟子勿死,曰绝墨于世不可。使墨子未死,则不能有此语。可见墨子死时,吴起死已久矣。据上所证墨子大概生于周敬王二十年与三十年之间。死于周威烈王元年与十年之间。墨子生时,约当孔子五十至六十岁之间。(孔子生于前551。)至吴起死时,墨子差不多死了四十年。(《墨子传略》)

五、梁启超说。孙氏《墨子年表》,大致不谬。胡氏谓墨子生年约当孔子卒前二十年,卒年约当吴起卒前四十年,则又失之太前。以吾考证,大约墨子生于周定王初年(前460—前459),约当孔子卒后十余年(孔子卒于前479)。卒于周安王中叶(前390—前382),约当孟子生前十余年(孟子生于前 372）。

《公孟》篇，记墨子与告子语，而告子又曾与孟子论性，合两书言论，其为一人无疑。孙氏谓墨子及见康公之卒，则下距孟子之生，不过三年。以弱冠之告子，得上见晚年之墨子。以老宿之告子，得下见中年之孟子。告子得并见二子。足以见墨子年代距离之联络。

要之，墨子之生，最晚不能幼于公输般三十年。其卒，最早于郑缪公被杀之后三年。卒年既大概考定，持以上推生年，使墨子老寿如子夏者，亦可上逮孔子也。

六、张纯一说。墨子生于周敬王十年至二十年之间，少孔子四十岁至五十岁，略与子夏、曾子齐年。（一）墨子弟子禽滑厘受业于子夏（《吕览·当染》篇、《史记·儒林传》），子夏少孔子四十四岁，而《耕柱》篇载子夏之徒问于墨子。以此推知，二家弟子互为问学，则墨子与子夏年略相等。（二）曾子闻黔敖不食嗟来之食而死，曰其嗟也可去，其谢也可食（《檀弓》）。黔敖即墨子弟子管黔澈。曾子少孔子四十六岁，以此推知，墨子或长于曾子或齐年。（三）孟山以白山之祸誉王子间为仁，墨子曰，难则难矣，然而未仁，案《史记·十二诸侯年表》，白公之乱，在鲁哀公十六年，孔子于是年卒，即楚惠王十年也。墨子此言，必在白公乱后未久。而其时已讲学授徒矣。（四）鲁缪公尝因陈庄子死，召县子硕而问（《檀弓》），缪公尊礼子思，而墨子弟子县子硕得见缪公，则子思、子硕略同时。子思生于孔子五十九岁（《孔子编年》），则墨子长于子思可知。孟子受业子思，而见墨者夷之，曰夷子，于宋牼，曰先生。夷宋年辈，略先孟子而与子思齐。则墨子当长于子思矣。

以上六说，大致可假定者：（一）墨子后于孔子。（或在孔子卒前二十年生，或在孔子卒后十余年生。）（二）墨子享有高寿（七五—八五）。

使此假定而能成立，则墨子生年，略与孔子弟子公孙龙子相当。（孔子弟子以公孙龙最少，少孔子五十三岁。）其后赵人公孙龙善为坚白异同之辩，观者以此公孙龙即为倡坚白异同之说者。又或以倡坚白异同之说属之前公孙龙者。斯二说久不能定。愚意墨子生时已有坚白异同之论发生。则墨子著《辨经》以立名本，公孙龙子著《坚白白马之论》与之相抗，亦时代学术所恒有。其后数十年孟轲、庄周、惠施，与乎山东形名之家，及稷下辨者儿说、田巴之伦，皆竞言白马坚白，使非前有所禀，闻风兴起，安能如是之发皇哉。其后赵人公孙龙持坚白白马之论，略在平原君当国时代，去孟轲、庄周、惠施等又数十年，距墨子及公孙龙生时约二百年矣。故就学术思想之发达史迹观之，儒墨两家，同时发生辨论之学，互相立破。于是墨子因之而作《辨经》，公孙子石因之而著坚白白马之论，均为孔子卒后数十年间发生之作品。而孟轲、庄周、惠施、儿说及后赵人公孙龙皆受其影响而推衍者也。此墨子生年与形名学之发展有关系者一。又《庄子》书屡言儒墨，《孟子》书屡言杨墨，是其时儒墨道，中分天下，鼎足而三。然墨子平生非儒不非道，是墨子生时道家老聃、杨朱之说，尚未大行。三家学术生发，皆在数十年间。（老孔墨相去各一二十年。）而发展之速，不及百年老学西行，墨教南下，交争互染，遂有三分争霸之势。此墨子生年与儒道两家学术发展之史迹有关系者二。以上二者，久为学术上待决之问题。兹因考墨子生年，附论及之。

墨家学术渊源

墨家之学于古有之而未盛也。盛之，自墨翟始。盖翟生于鲁。习闻洙泗之风，濡染《诗》《书》之训。又值孔子没而微言绝，七十子丧而大义乖。是以崛起其间。远祖夏禹，近取仲尼，而倡兼爱尚俭之说。一时流风所及，自成一派。代儒而兴，与孔争席，可谓一时之才士也。今将班史《艺文志》所述墨家一段列下：

墨家者流，盖出于清庙之守。茅屋采椽，是以贵俭。三老五更，是以兼爱。选士大射，是以尚贤。宗祀严父，是以右鬼。顺四时而行，是以非命。以孝视天下，是以尚同。此其所长也。及蔽者为之：见俭之利，因以非礼。推兼爱之利，而不知别亲疏。

班氏《七略》，本于刘歆。墨出清庙，当是歆说。但九流不尽出于王官，强为此传，已自迂谬，而墨出清庙，尤为偏颇。近人已有论驳者，兹不赘。今论墨家源出，不取歆说。然则墨从何起？曰，墨起于儒，而归于禹。《淮南·要略》云：

> 墨子学儒者之业，受孔氏之术。以为礼烦扰而不悦，厚葬靡财而贫民，久服伤生而害事，故背周道而用夏政。禹之时，天下大水，禹身执蔂垂，以为民先。剔河而道九岐，凿江而通九路，辟五湖而定东海。当此之时，烧不暇撌，濡不给扢，死陵者葬陵，死泽者葬泽。故节财、薄葬、闲服生焉。

据此则墨起因于孔，而归宗于禹者也。其于孔子之学，有所修正，墨学实可谓孔学后一大宗派，亦可谓之"孔学修正派"。其修正点有四：（一）儒家不言天鬼，而墨子明鬼。（二）儒家厚葬久丧，而墨子节葬。（三）儒家以礼乐化天下，而墨子非乐。（四）儒家乐天安命，而墨子非命。以上四点，即为墨子对孔学之修正点。《鲁问》篇述儒弊云：

> 儒之道足以丧天下者四政焉。儒以天为不明，以鬼为不神。天鬼不说，此足以丧天下。又厚葬久丧，重为棺椁，多为衣衾。送死若徙，三年哭泣，扶然后起，杖然后行，耳无闻，目无见，此足以丧天下。又弦歌鼓舞，习为声乐，足以

丧天下。又以命为有贫富夭寿治乱安危。有极矣，不可损益矣。为上者行之，必不听治矣。为下者行之，必不从事矣。此足以丧天下。

此为墨者不满于儒学之四点。而儒墨之异，即在乎此。至其所以能修正孔学而不主一先生之言者，则以其学无常师，兼受有异宗之感化故。《吕氏春秋·所染》篇云：

鲁惠公使宰让请郊庙之礼于天子。桓王使史角往，惠公止之。其后在鲁，墨子学焉。

周室为文化中枢，史官为学术世职，史角往鲁，挟有绝学与俱，世掌勿替，故墨子学于史角之后，而学风一变。或曰《艺文志》所载墨家六人。尹佚之书，若何，今不可考。唯其人在墨子前。或为墨子先辈。或墨者徒属，附会古人为之。要之在墨子前而有墨家，或尚可信。余谓墨家之有尹佚，如道家之于黄帝，法家之于管仲也。不然，则其人为田俅、胡非之类，而俱为墨者弟子也。其最录有先后者乃史家不经意之笔，并非学术上有渊源。如此则墨子以前，虽有墨义，而无墨家。而墨家创于墨翟。其地则鲁，其宗则禹，其术则孔，其学之受变化，则史角也。此墨学成立之大概也。

孔墨学术，同出一源。孔子所读之书，墨子亦常读之。此尤足征墨修孔术。今举证如下：

（一）孔子道尧舜，而墨子亦道尧舜。(《韩非子·显学》篇，孔墨俱道尧舜。尧舜不复生，将谁便定孔墨之真伪。)

（二）《引诗》。《墨子》书中所引《诗·商颂》《大雅》等篇，与孔子所删三百篇略同。

（三）《引书》。《墨子》书中引书，如《甘誓》《仲虺之诰》《泰誓》《洪范》《吕刑》，与今孔子所删之《书》略同。

（四）《春秋》。《墨子·明鬼》篇，引周之《春秋》、燕之《春秋》、齐之《春秋》、宋之《春秋》、郑之《春秋》，所谓"百国春秋"是也。此与孔子入周所见同。

《淮南·主术训》云："孔墨皆修先圣之术，通六艺之论。"此言其大致耳。六艺本非儒家专有之书，而为百家通治之学。墨翟不谈《易》，盖以不信有命，而认《易》为卜筮之书故。又以为礼烦复而不说，乐伤财而害事，故于礼乐，亦均在排斥之列。所谓通六艺者，粗略之言也。然墨翟所好，乃在《诗》《书》《春秋》三艺，而《诗》《书》又多系孔子删定本，则其为时地所蕴蓄，而与孔子有深厚之渊源，不亦信哉。

《公孟》篇云："子墨子与程子辩称于孔子。程子曰，非儒，何故称于孔子也。子墨子曰，是其当而不可易者也。今鸟闻水旱之忧则高，鱼闻热旱之忧则下。当此虽禹汤为之谋，必不能易矣。鸟鱼可谓愚矣，禹汤犹云因焉。今翟曾无称于孔子乎。"非儒而称孔。则入儒之室，操儒之矛，其为修正，不更显著耶。

本编

绪论

先秦学术,虽发端于孔老。然揭橥鲜明,而卓然成家者,厥推墨子。

墨子之说,标举十义:曰兼爱,曰非攻,曰尚同,曰尚贤,曰天志,曰明鬼,曰节用,曰节葬,曰非乐,曰非命。后世学者,或离而为五(兼爱、节用、非命、天鬼、尚同也),或折而为二(一说为兼爱与节用,一说为尚同与贵俭),未能一贯。近人有以天志为鹄者,有以尚同为归者,有以节用为本者,要皆似是而非之论。譬犹人之有四肢百骸也,皆有所用,而同出一体。今指一肢一骸以概全身,虽有络系之可寻,然要不可谓之为本体,不如全举而分观之,使头目手足,各当其位,较为得真也。夫墨子之学所谓天志、节用、尚同、明鬼诸目者,皆非本也。其本维何?曰:"为天下兴利除害而已矣。""古之所谓仁人者,必务兴天下之利,除天下之害。"斯语也,凡读《墨子》书者,每篇必一见焉,或再见焉。然则谓墨子之学,皆为天下"兴利除害"而作可也。凡事之为天下害者,必务去之。为天下利者,必务兴之。斯则墨子之志,亦即墨子之学也。

当墨子之世,其为天下之大利与大害者,何哉?曰不相爱,曰攻夺,曰好乐,曰信命,曰不尚天志,曰无鬼,曰厚葬,曰不节用,曰人异义,曰愚贱执政,凡此十者天下之大害也。曰兼相爱,曰节用,曰尚贤,曰尚同,曰尊天,曰明鬼,曰力作,曰薄葬,曰不事淫乐,凡此十(九,编者按)者天下之大利也。利之所兴,即害之所在,害之所弃,即利之所存也。利与害常相反。故墨子以兴利即是除害,除害即是兴利。其所倡导之十义者,皆"非"与"尚"各半。其为天下利之所存者,则务兴之,故尚之。其为天下害之所存者,则务去之,故非之。非尚之义明,而天下人知所向背,则兴除之功自举。或曰,当墨子之世,天下之所谓利害者亦多矣,何必规规然十哉。曰,是不然。利害虽多,要有所自起。原其所自起,无大此十者。故墨子亦十其方以应之。假令今天下之利害有过于十者,或不及十者,则亦随其所自起而兴之除之耳,岂有所泥哉。

或曰墨子之所谓利害者,未必为天下之公利公害也。譬如兼爱,则儒家非之矣;非攻,则法家难之矣;尚贤,则道家疑之矣;非命,则阴阳家诋之矣。墨子之所利害者,乃墨子一人之私言，非天下之公言也。曰是不足为墨子病。百家之说，要皆各是其是而非其非，未足为百世之定论。今若以汉以后百家之眼光，评汉以前一家之学术，则墨家之利其利而害其害其是非固有真也，今因其为一家之学，且待后论。

　　凡兹十义，原于三弊。三弊者何，曰私，曰奢，曰惰。私故自爱而不爱人，不爱人则一切祸乱由兹起。欲求其私，故兼爱尚焉。私者不爱人之国而自爱其国，则有攻伐。攻伐则人己交受其害，故非攻生焉。私则人自是其义而非他人之义，各立异以相争也，故尚同。其施于政治，不胜其自私之情。屏贤而用亲用近用贵。亲贵近三者用事，则政治日坏，而国与民受其弊，故尚贤生焉。以不胜其自私之情则不肯志天之志，而乐听无鬼之论，可以恣无忌惮，故天志明鬼生焉。凡此皆为救私而作也。奢者多欲，不节其欲则费，费则天下有受其不足者，故节用生焉。生既浪费，死又不节，厚葬以夸世，久服以废业，故节葬生焉。乐者乐也。乐之最要妙而娱心志者，莫若纵耳目之乐，极声色之好，故非乐。非乐、节葬、节用，为救奢而作也。既私且奢，不能自克。其势必至祸乱相寻出人意外。惑者以为此相寻之祸乱，皆由前定，匪自人力。谓穷通夭寿治乱贫富，皆有命定。莫肯出力自救。以是愈私愈奢愈惰。惰久，则认相寻之祸乱为自然，舍人事听天命，而祸乱乃真不可救矣，故非命。非命，为救惰而作也。吾人自审今日，果有如上述之弊者乎，抑无上述之弊乎？如其无也，幸甚幸甚。如其有之，则对于墨家之说，宜如何深长思也。

子墨子曰：

国家昏乱，则语之尚贤、尚同。
国家贫，则语之节用、节葬。
国家喜音湛湎，则语之非乐、非命。
国家淫僻无礼，则语之尊天、事鬼。
国家务夺侵凌，则语之兼爱、非攻。

今以兼爱为首，非命殿后，叙墨子学说为十章如次。

第一章 兼爱

一、兼爱本旨

《孟子》曰，墨子兼爱。《尸子》曰，墨子贵兼。《韩非子》曰，儒墨俱道尧舜，兼爱天下。《淮南子》曰："兼爱、尚贤、右鬼、非命，墨子之所立也，而杨子非之。"诸子掊击墨家，大抵以兼爱为言。是兼爱，乃墨家通义也。今述墨子学说，自兼爱始。

天下之乱乌自起乎。子墨子曰："起于不相爱。"又曰："仁人之所为事者，必务兴天下之利，除天下之害。然则天下之利者何也，天下之害者何也。子墨子曰，天下之害，国与国之相攻，家与家之相篡，人与人之相贼。君臣不惠忠，父子不孝慈，兄弟不调和，此天下之害也。害何自生哉，生于不相爱。天下之利，视人之国若其国，视人之家若其家，视人之身若其身，君臣惠忠，父子孝慈，兄弟调和，贵不傲贱，诈不颠愚，强不执弱，众不暴寡，富不侮贫，此天下之利也。利何自生哉，生于相爱。"然则仁人务兴天下之利，除天下之害，其必自消除天下不相爱之心理，而为相爱之心理而后可也。是故《兼爱上》曰：

圣人以治天下为事者也，必知乱之所自起，焉（同乃）能治之。不知乱之所自起，则不能治。譬之如医之攻人之疾者然，必知疾之所自起，焉能攻之。不知疾之所自起，则弗能攻。治乱者何独不然。必知乱之所自起，焉能治之。不知乱之所自起，则弗能治。圣人以治天下为事者也，不可不察乱之所自起。尝察乱之何自起？起不相爱。臣子之不孝君父，所谓乱也。子自爱不爱父，故亏父而自利。弟自爱不爱兄，故亏兄而自利。臣自爱不爱君，故亏君而自利。此所谓乱也。虽父之不慈子，兄之不慈弟，君之不慈臣，此亦天下之所谓乱也。父自爱也不爱子，故亏子而自利。兄自爱也不爱弟，故亏弟而自利。君自爱也不爱臣，故亏臣而自利。是何也，皆起不相爱。虽至天下之为盗贼者亦然。盗爱其室不爱其异室，故窃异室以利其室。贼爱其身不爱人，故贼人以利其身。此何也，皆起不相爱。虽至大夫之相乱家，诸侯之相攻国者，亦然。大夫各爱其家不爱异家，故乱异家以利其家。诸侯各爱其国不爱异国，故攻异国以利其国。天下之乱物，具此而已矣。察此何自起，皆起不相爱。

若使天下兼相爱。爱人若爱其身。犹有不孝者乎？视父兄与君若其身，恶施不孝。犹有不慈者乎？视弟子与臣若其身，恶施不慈。故不孝不慈无有。犹有盗贼乎？故视人之室若其室，谁窃？视人身若其身，谁贼？故盗贼无有。犹有大夫之相乱家、诸侯之相攻国者乎，视人家若其家，谁乱？视人国若其国，谁攻？故大夫之相乱家，诸侯之相攻国者，亡有。若使天下兼相爱，国与国不相攻，家与家不相乱，盗贼无有，君臣父子皆能孝慈，若此，则天下治。故圣人以治天下为事者，恶得不禁恶而劝爱。故天下兼相爱则治，交相恶则乱。故子墨子曰，不可以不劝爱人者，此也。

又曰："凡天下祸篡怨恨其所以起，以不相爱生也。是以仁者非之。既以非之，何以易之。子墨子曰，以兼相爱交相利之法易之。"又曰："非人者必有以易之。若非人而然以易之，譬犹以水救水，以火救火也。其说将无自而可焉。是故子墨子曰，兼以易别。"

必知其病之所由起，乃知其治病之方。天下之乱，在不相爱，在别。则治乱之术，在相爱，在兼。

不兼爱之社会病象，约有三种。（一）自爱其身不爱他人之身，故有盗杀等现象。（二）自爱其家不爱他人之家，故有篡夺等现象。（三）自爱其国不爱他人之国，故有攻战等现象。

所谓不慈不孝不忠不惠不悌不友，皆自此三者出。人类有斯三者，则人与人间互相侵凌暴夺，生命财产荣誉幸福，随时随地，有破坏危险之虞。天下熬然，若烧若焦，故谥之曰乱也。兼以易别，即以治易乱也。

行兼之道如何？曰：

视人如己。

其消极目的，在使"强不凌弱，众不暴寡，智不欺愚"。其积极目的，在有"余力相劳，余财相分，良道相教"。其结果，则欲造成一"兼爱交利的社会"。

墨子理想中之社会，无国之别，家之别，身之别。只有人类，只有天下。其不能遽废除身也家也国也者，乃无可如何之事，不得已而曰"视如""视如"云耳。

二、兼爱交利之定义

世俗之言兼爱者，知其一而不知其二也。墨子曰："兼相爱，交相利。"又曰："交相爱，兼相利。"又曰："兼而爱之，兼而利之？"大抵墨子之言兼也，含有"交"义。言爱也，包有"利"言。其曰"兼爱交利"者，详言之，即"兼交的爱利"

也。后世毁墨之徒与颂墨者，多不一考其语原，相率而称之曰"兼爱""兼爱"云云，举皆弃交言兼，取爱舍利，非夫墨子之本意矣。

何谓"兼爱交利"？曰，全量的爱利，节"兼相爱"。交互的爱利，即"交相利"。爱亦有交，利亦有兼。融和其语意而全称之曰："兼交的爱利。"

欲知何谓"兼交的爱利"，请先明兼与交之义，次明爱与利之说。

（一）兼与交。兼，相等也。交，相互也。二者更为因果。兼而不交，则爱利之质不厚，交而不兼，则爱利之量不广，故欲谋爱利之周至者，必"兼""交"两尽而后可。

"兼，尽也。尽，莫不然也。"兼爱，谓尽人而爱之。（兼即尽字，《墨经》往往不分。《经上》："体分于兼也。"《说》曰："体二之一。"《经上》又曰："见体尽。"《说》曰："将者体也。二者尽也。"是体尽，即兼尽。古字通用。《经下》凡用兼爱之处，皆作尽爱。是其证。今人多以"兼爱"为兼并之爱，非是。）《大取》篇曰："爱人必待周爱人而后为爱人。不爱人，不待周不爱人，不周爱因为不爱人矣。"此兼之说也。

《兼爱》篇曰："爱人者，人亦从而爱之。利人者，人亦从而利之。"又曰："我从事乎爱利人之亲，则人亦报我爱利吾人之亲。"盖我爱利人，人亦从而爱利我，人人又互相爱利，是之谓"交相爱，交相利"。此交之说也。

兼与交之分别，一从全体着想，一从个体着想。盖为个体计，而牺牲全体之利益以就之，固为偏私少恩。为全体计，而抹杀个体之幸福以成之，亦觉惨酷无情。持群之说者，每言兼而遗交，非人情难近。持人之说者，又处处从人与群之利益打算，每主交而遗兼，成为相市之社会。墨子则一面为"群"计，一面为"人"计，而建设"兼交两尽"之"爱与利的人群"，其发愿因甚宏，其析义亦甚精，而为人类建不可磨灭之学说也。——《大取》篇曰："杀一人以存天下，非杀人以利天下也。杀己以存天下，是杀己以利天下也。"

言假有一事于此，杀一人可以有利于众人。若此人者，为无罪之人，则决不能杀此一人以利众人。因此一人，固众人中之一人也。杀众人中之一人以利其众，无异杀众人以利众人，其为利众之义不成。（如下第一图）若此人为自己，则不妨自杀以利众。以自己固有自杀之权也。自杀其身以利天下，是以天下为外而自己为内，自己与天下分而为二。故杀己以利天下可，杀人以利天下，不可。（如第二图）

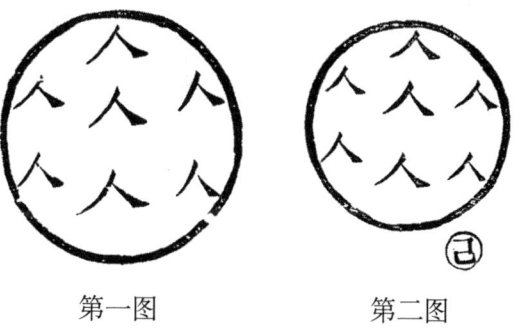

第一图　　　　第二图

准斯以推，若曹操借小吏之头以济军，张巡烹爱妾之肉以享众，虽其所救济者较大，然对于个体，究为残酷无情矣。若其贯高下狱，自残以白赵王不反。建文逃国，自逊以免人民苦战。其用心固仁人也。

兼为全体着想，其重在量。交为个体着想，其重在质。兼也者，爱利之界域也。交也者，爱利之组织也。譬之一万人之社会，除自己外，尽九千九百九十九人而爱利之，是兼相爱利也。我爱利此九千九百九十九人，而此九千九百九十九人复转而爱利我，是交相爱利也。而此一万人之社会，各人对外施以九千九百九十九份之爱利，而各得九千九百九十九份之爱利。爱利之量，以相兼而无遗，爱利之质，以相交而加厚。是之谓"兼交两尽"。

（二）爱与利。何谓爱？《经》曰："仁，爱也。"《说》曰："爱也者，非为用也，不若爱马者。"盖谓爱为同情心所发动，中心欣然，而无施恩求报之意。故曰，非为用也。老子曰："上仁为之而无以为。"韩非曰："仁者，中心欣然爱人也，其喜人之有福，而恶人之有祸也，生心之所不能已也，非求其报也。"是其义。何为利？《经》曰："义，利也。"《说》曰："志以天下为芬（与分通）而能能利之，不必得。"盖谓义者，志以天下为己任，而尽其能力所及，以求利之。其功效所著，不必尽如其志之所期也。故曰："不必得。"

爱利虽同为墨家所重，不相为内外。（见《墨经下》仁义之为内外章)然见诸施行也,究不能无少异。仁以为爱,义以为利。爱利之存于内者,圆满无缺。爱利之施于外者,爱可圆满,而利不必能圆满。故曰,"义,志以天下为分而能能利之,不必得"也。何以明之,夫利:有利者,有所利者,有所以利者,有所以利之者。利者,志也。所利者,天下也。所以利者,能也。所以利之者,得也。利无大小。而所利有大小。所以利者无厚薄。而所以利之者有厚薄。此限于外而无可如何者也。故曰:

> 志功为辩。(《大取》)

又曰:

> 志功不相从也。(《大取》)

志,为利他之心。功,为利他之效。有是志不必有是功。然无是志,则不可以有是功。且不必因其无是功,而遂谓不必有是志。即令舍志言功。功亦有大小厚薄。于是种种计量法生焉。则所谓"权"。权也者,计义之标准。墨家兼爱说之精髓也,欲识兼爱精义,不可以不知权。《大取》篇曰:

> 权,非为是也。亦非为非也。权,正也。

权为墨家行义之标准，亦即计利之方法。其计量法有三：一曰，爱与利之计量法。爱之未必能利之，利之乃所以爱之。若爱之而不能利之，则不得谓之爱。利之，则未有不爱者也。是故子墨子之计量法，"利重于爱"，所以别于儒家之"爱不必利"。《大取》篇曰：

"圣人有爱而无利"，儒者之言也，乃客之言也。"天下无爱不利"（旧作"天下无人"，脱不利二字，爱字又残缺而为人字耳），子墨子之言也。

又曰：

天之爱人也，薄于圣人之爱人也。其利人也，厚于圣人之利人也。大人之爱小人也，薄于小人之爱大人也。其利小人也，厚于小人之利大人也。

又曰：

以藏为其亲也而爱之，爱其亲也。以藏为利其亲也而利之，非利其亲也。以乐为乐其子而为其子欲之，爱其子也。以乐为利其子而为其子求之，非利其子也。

此言所以主节葬非乐者，非不知厚葬之爱其亲也，为乐之爱其子也，其如厚葬为乐之不利何。不利之爱，所谓姑息之爱也。爱之即所以害之。爱厚利薄，不如爱博利厚以利之即所以爱之也。爱亲而厚葬，不如利亲而薄葬。爱子而求乐，不如利子而非乐。此墨家计利之第一权也。

二曰，利与害之计量法。《大取》篇曰：

> 断指以存腕，利之中取大，害之中取小也。害之中取小也，取利也。其所取者，人之所执也。遇盗人断指以免身，利也。其遇盗人，害也。断指与断腕，利之中取大，害之中取小也。利之中取大，非不得已也。害之中取小，不得已也。于所未有而取焉，是利之中取大也。于所既有而弃焉，是害之中取小也。

墨子之计利害也。其计算之方法与众人同，而计算之标准与众人异。盖众人之所谓利害者，以对于己而言之也。墨子所谓利害者，以对于天下而言之也。假有利于己而害于天下者，则墨子固不为。若其利于天下而害于己也，则墨子优为之。故又曰：

> 圣人恶疾病，不恶危难。正体不动。欲人之利也，非恶人之害也。

墨子欲人之得利，而不恶人之害己。其保持身体，不愿疾病者，乃欲留其身以利天下之故，非爱其身也。若其为利天下之故，而有危难将及于身，则正体不动，顺受之而已矣。岂恶危难哉？

知此，则知墨子之计利害者，异于世俗自私之流，以趋利避害为目的者也。例如节葬，其利在天下，其害在己之亲。然害亲之量小，而利天下之量大，则宁取大利而遗小害。故其说曰：

圣人不得为子之事。圣人之法"死亡亲"。为天下也。厚亲，分也。以死亡之，体渴兴利。

因急于为天下兴利之故，至于以死亡亲，则墨家之不自私其利害者为何如哉。明乎墨家之所谓利害者与众人异，则墨家虽计较利害，其为利仍不失为义也。其计较利害之法可得言者，一曰："两利相权取其重两，害相权取其轻。"二曰："人己俱利先利人，人利己害宁害己。"此墨家计利之第二权也。

三曰，志与功之计量法。有爱人利人之志，不必有爱人利人之功。虽无爱人利人之功，然不可无爱人利人之志。故志功相较，第一步须合志功而观之。《鲁问》篇曰：

鲁君谓子墨子曰，我有二子，一人好学，一人者好分人财，孰为太子而可。子墨子曰，未可知也。或所为赏誉为是也。钓者之恭，非为鱼赐也。饵鼠以虫，非爱之也。吾愿主君之合其志功而观焉。

各志功而并观，此为墨子计志功之第一步骤。然天下之事不尽能如所愿。有是志不必有是功，有是功不必有是志。志功不相从时，则如何。以墨子之意推之，志功不相从时第二步则尚志。《鲁问》篇："巫马子谓子墨子曰，子兼爱天下，未云利也。我不爱天下，未云贼也。功皆未至，子何以自是而非我哉。子墨子曰，今有燎者于此。一人奉水将灌之，一人操火将燎之，功皆未至，子何贵于二人。巫马子曰，我是彼奉水者之意，而非夫操火者之意。子墨子曰，吾亦是吾意而非子之意（意，通义）也。"

奉水操火，志有利害，而功皆未至。然志在利人者，虽未必利，而有能利之兆。志在害人者，虽不必害，而有能害之征。故志功相较，先计其志而后计其功。若夫所志相同，则又不可不计其功之厚薄以为从事之标准矣。故第三步之计志功法，功多者先为之。功少者缓行之，亦墨家之义也。《鲁问》篇曰：

鲁之南鄙人，有吴虑者。冬陶夏耕，自比于舜。子墨子闻而见之。吴虑谓子墨子曰，义耳义耳，焉用言之哉？子墨子曰，子之所谓义者，亦有力以劳人，有财以分人乎？吴虑曰，有。子墨子曰，翟尝计之矣。翟虑耕而食天下之人矣。盛然后当一农之耕。分诸天下，不能人得一升粟。藉而以为得一升粟，其不能饱天下之饥者，既可睹矣。翟虑织而衣天下之人矣。盛然后当一妇之织。分诸天下，不能人得尺布。藉而人得尺布，其不能暖天下之寒者，既可睹矣。翟以为不若诵先王之道而求其说，通圣人之言而察其辞。上说王公大人，次匹夫徒步之士。王公大人用吾言，国必治。匹夫徒步之士用吾言，行必修。故翟以为虽不耕而食饥不织而衣寒，功贤于耕而食之，织而衣之者。故翟以为虽不耕织乎，而功贤于耕织。

吴虑谓子墨子曰，义耳义耳，焉用言之哉。子墨子曰，藉设而天下不知耕，教人耕与不教人耕而独耕者，其功孰多？吴虑曰，教人耕者其功多。子墨子曰，藉设而攻不义之国，鼓而使众进战，与不鼓而使众进战而独进战者，其功孰多？吴虑曰，鼓而进众者其功多。子墨子曰，天下匹夫徒步之士少知义，而教天下以义者功亦多。何故弗言也？若得鼓而进于义，则吾义岂不益哉。

自耕者其功少，教人耕者其功多，则自耕不若教耕。然教

耕又不若教义。故志功相较,不但须较其志之利害,尤须较其功之大小。

总观墨子计志功法,可分三步:(一)合志功而观焉。(二)志与功不相从时则尚志。(三)志功相从时则须择其功之大者为之。此墨家计利之第三权也。兹归纳兼爱说之要点如下:

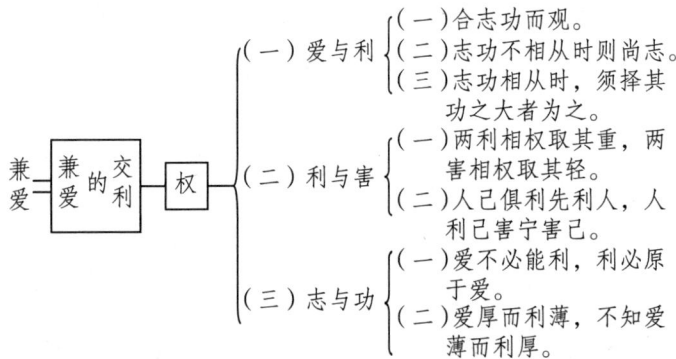

"兼交爱利"四字。纵读之,曰兼爱,曰交利。互读之,曰交爱,曰兼利。横上读之,曰兼交的爱,兼交的利。横下读之,曰兼的爱利,交的爱利。纵横互读之,曰兼交的爱利。

明乎墨子爱利之说,而后兼爱主义,乃可得言。明乎"利害""志功"之辨,而后兼爱方略,乃可得施。

三、兼爱说之非难与答辩

墨家兼爱说之陈义固甚高,而在当世非难之者亦不少,今述墨与非墨之辩，得十二种，备录之以供参考焉。

（一）非人情本性。巫马子曰："我与子异，我不能兼爱。我爱邹人于越人，爱鲁人于邹人，爱我乡于鲁人，爱我家于乡人，爱我亲于家人，爱我身于亲，以为近我也。击我则疾，击彼则不疾于我。我何故疾者之不拂，而不疾者之拂。故有杀彼以利我，无杀我以利彼。"

巫马子之言，以利他心不若利己心之真切。当彼我利害冲突时，恒不惜损人以利己。此人类通性也。而墨子答之曰：

> 子之义将匿耶，意将以告人乎？巫马子曰，我何故匿我义？吾将以告人。墨子曰，然则一人说子，一人欲杀子以利己。十人说子，十人欲杀子以利己。天下说子，天下欲杀子以利己。一人不说子，一人欲杀子，以子为施不详者言也。十人不说子，十人欲杀子，以子施不详者言也。天下不说子，天下欲杀子，以子施不详者言也。说子亦杀子，不说子亦杀子。是所谓经者口也，杀常之身者也。

巫马子等差之爱，区别亲疏，至于最后，则唯"我"之爱，虽至亲亦将稍逊。如此，则至彼我利害冲突时，恒不惜损彼以利己。虽家庭骨肉间，或将以父子不两利而牺牲其一。是父可不慈，而子可不孝。故充其义，可至于无父。与孟子所议"兼爱无父"之说恰相反，故墨子驳之曰："一人说子，一人欲杀子。十人说子，十人欲杀子。一人不说子，一人欲杀子。十人不说子，十人欲杀子。"其说即以其人之利己心，攻破其人之利己心。以明利己之不得利己，不利己反得利己也。人己利害之循环，常若有定律焉，曰："害人终害己，利己先利人。"未有投人以利而人报之以害者矣，亦未有授人以害而己得其利者矣，未有人皆受害而己独享其利者，亦未有人皆得利而己独罹其害者。是故两利为利，其利以助长而圆满。一害一利，其利以相争而相消。横览中外，竖观古今，大至为国，小至谋生，盖莫循此定律以为盈朒者也。

（二）善而不可用。非兼爱者之言曰："兼爱之说，善矣。虽然，岂可用哉？"（按此"用"字与第四条"为"字有别，盖非谓实行之难乃言行之恐有流弊也。）

而墨子答之曰：

> 用而不可，虽我亦将非之。且焉有善而不可用者。姑尝两而进之，设以为二士。使其一士者执别，使其一士者执兼。是故别士之言曰，吾岂能为吾友之身若为吾身，为吾友之亲若为吾亲？是故退睹其友，饥即不食，寒即不衣，疾病不待养，死丧不葬埋。别士之言若此，行若此。兼士之言不然，行亦不然。曰，吾闻为高士于天下者，必为其友之身若为其身，为其友之亲若为其亲，然后可为高士于天下。是故退睹其友，饥则食之，寒则衣之，疾病侍养之，死丧埋葬

之。兼士之言若此，行若此。若之二士者，言相非而行相反与？当使若二士者言必信，行必果，使言行之合，犹合符节也。无言而不行也。然即敢问今有平原广野于此，被甲婴胄，将往战。死生之权，未可识也。又有君大夫之远使于巴越齐荆，往来及否，未可识也。然则敢问不识将恶也托家室，奉承亲戚，提挈妻子，而寄托之。不识于兼之有是乎，于别之有是乎？我以为当其于此也，天下无愚夫愚妇，虽非兼之人，必寄托于兼之有是也。此言而非兼，择即取兼。即此言行费悖也。不识天下之士，所以皆闻兼而非之者，是何故也？

（三）不可择君。非兼者之言曰，兼爱可以择士，而不可择君。

而墨子答之曰：

意可以择士，而不可以择君乎？姑尝两而进之，设以为二君，使其一君者执兼，使其一君者执别。是故别君之言曰，恶能为吾万民之身若为吾身，此泰非天下之情也。人之生乎地上之无几何也。譬之犹驷驰而过隙也。是故退睹其万民，饥即不食，寒即不衣，疾病不侍养，死丧不葬埋。别君之言若此，行若此。兼君之言不然，行亦不然，曰，吾闻为明君于天下者必先万民之身后为其身，然后可以为明君于天下。是故退睹其万民，饥即食之，寒即衣之，疾病侍养之，死丧葬埋之。兼君之言若此，行若此。然即交若之二君者言相非而行相反与。常使若二君者言必信，行必果，使言行之合犹合符节也，无言而不行也。然即敢问今岁有疠疫，万民多有勤苦冻馁转死沟壑中者，既已众矣。不识将择之二君者将何从也。我以为当其于此也，天下无愚夫愚妇虽非兼者，必从兼君，是也。言而非兼，择即取兼，此言行拂也。不识天下之士所以皆闻兼而非之者，其故何也？

（四）愿而不可为。非兼者之言曰："兼即仁矣，义矣。虽然，岂可为哉？吾譬兼之不可为也，犹挈泰山以超江河也。故兼者，直愿之也。夫岂可为之物哉？"

此节言"兼不可为"，与前节言"兼不可用"，略有不同。前节言"兼不可用"，谓理论虽善，未必能行也。此节言"兼不可为"，乃谓徒有空想，不能实现之事。而墨子则以可以实现证之。曰：

夫挈泰山以超江河，自古之及今，生民以来，未尝有也。今若夫兼相爱交相利，此自先圣六王者亲行之。何以知先圣六王之亲行之也？子墨子曰，吾非与之并世同时，亲闻其声，见其色也。以其所书于竹帛，镂于金石，琢于盘盂，传遗后世子孙者，知之。《泰誓》曰，文王若日若月，乍照光于四方，显于西土。即此言文王兼爱天下之博大也。譬之日月兼照天下之无有私也。即此文王兼也。禹曰，济济有众，咸听朕言。非唯小子，敢行称乱。蠢兹有苗，用天之罚。若予既率群对诸群以征有苗。禹之征有苗也，非以求重富贵于福禄乐耳目也。以求兴天下之利除天下之害。即此禹兼也。汤曰，唯予小子，履敢用玄牡告于上天后曰，今天大旱，即当朕身，履，未知得罪于上下，有善不敢蔽，有罪不敢赦，简在帝心。万方有罪，即当朕身。朕身有罪，无及万方。即此言，汤贵为天子，富有天下，然且不惮以身为牺牲，祠说于上帝鬼神。即此汤兼也。《周诗》曰，王道荡荡，不偏不党。王道平平，不党不偏。其直若矢，其易若底。君子之所履，小人之所视。古者文武为正，均分赏贤罚暴，勿有亲戚兄弟之所阿。即文武兼也。不识天下之人，所以皆闻兼而非之者，其故何也？

此举六圣亲行兼爱之事，并非如"挟泰山以超江海"之旷世无睹也。

（五）害为孝。非兼爱者之言，曰："不中亲之利而害为孝。"

墨子答曰：

> 姑尝本原之孝子之为亲度者。吾不识孝子之为亲度者，

亦欲人爱利其亲欤。意欲人之恶贼其亲与，以说观之，即欲人之爱利其亲也。然即吾恶先从事即得此。若我先从事乎爱利人之亲，然后人报我爱利吾亲乎，意我先从事乎恶人之亲，然后人报我以爱利吾亲乎。即必吾先从事乎爱利人之亲，然后人报我以爱利吾亲也。然即之交孝子者，果不得已乎，毋先从事爱利人之亲者与。意以天下之孝子为愚而不足以为正乎，姑尝本原之先王之所书。大雅之所道曰，无言而不仇，无德而不报。投我以桃报之以李，即此言爱人者，必见爱也。而恶人者必见恶也。不识天下之士所以皆闻兼而非之者，其故何也？

此言兼爱不但无害于孝，而且有益于孝。

（六）难而不可为。按难而不可为，与前第四项愿而不可为，意略有不同。愿而不可为，谓其为不可能之事也，如挟泰山以超北海之类。难而不可为，乃谓可能而为之甚难，如登泰山之渡北海之类。

子墨子答曰：

意以为难而不可为耶？尝有难此而不可为者。昔荆灵王好小要，当灵王之身荆国之士，饭不逾乎一，固据而后兴，扶垣而后行。故约食为其难为也，然后为之而灵王说之，未逾于世，而民可移也。即求以乡其上也。昔者越王勾践好勇。教其士臣三年，以其知为未足以知之也。焚舟失火，鼓而进之，其士偃前列，伏水火而死，有不可胜数也。当此之时，不鼓而退也，越国之士可谓颤矣。故焚身为其难为也。越王说之，未逾于世，而民可移也。即求以乡上也。昔者，晋文公好苴服，当文公之时，晋国之士，大布之衣，牂羊之裘，练帛之冠，且苴之屦，入见文公，出以践之朝。故苴服为其难也，然后为文公说之，不逾于世而民可移也。即求以乡其上也，是故约食、焚舟、苴服，此天下之至难也。然后为而上说之，未逾于世而民可移也。何故也？即求以乡其上也。今若夫兼相爱交相利，此其有利且易为也不可胜计也。我以为则无有上说之者而已矣。苟有上说之者，劝之以赏誉，威之以刑罚。我以为人之于就兼相爱交相利也，譬之犹火之就上，水之就下也，不可防止于天下。故兼者，圣王之道也。王公大人之所以安也，万民衣食之所以足也。故君子莫若审兼而务行之。为人君必惠，为人臣必忠，为人父必慈，为人子必孝，为人兄必友，为人弟必悌，故君子莫欲为惠君忠臣慈父孝子友兄悌弟。当若兼之不可不行也。此圣王之道，而万民之大利也。

（七）无穷则害兼。难者曰："南者有穷则可尽，无穷则不可尽。有穷无穷未可知，则可尽不可尽未可知。而爱人之可尽不可尽，亦未可知。而必人之可尽爱也，悖。"无穷，谓区宇无边际也。古者不知有南极,意谓南方无穷。(惠施有"南方无而有穷"之辨。)又无探险家远足至人类所不生之地。以为有地之处,应有生人。南方未有穷,世界应有未发现之人类。而兼爱之说,阻于此种事实,不能圆成。而墨子则答之曰:"无穷不害兼,说在盈否知。"说曰:"人若不盈无穷,则人有穷也。尽有穷,无难。盈有穷,则无穷尽也。尽无穷,无难。"

意谓大地之上,南方有穷无穷固未可知,而有人类与无人类亦未可知。若此无穷之南方中皆有人类,则无穷已有尽处也。既有尽处,尽有尽之处所有人类而爱之,兼爱说不能推倒。若此南方有穷,是人类亦有穷也,尽有穷之人类而爱之,兼爱说亦不能推倒。故曰,无穷不害兼,说在盈否知。

(八)不知其数则害兼。难者曰:"不知其数,乌知爱民之尽之也。"言既云尽爱,当尽知其数。若不知其数,乌知爱之尽之也。

墨子答曰:"不知其数,而知爱之尽之也,设在明者。"说曰:"不知其数而知爱之尽之也,或者遗乎其明也。尽爱人,则尽爱其所明。若不知其数而知爱之尽之也,无难。"

明,知也。尽知人则尽爱其所知。其所不爱,则遗乎其知者也。遗乎其知而不爱之,无异未有其人而不爱之也。故曰,不知其数而知爱之尽之也,无难。

(九)不知处所则害兼。意谓既云兼爱,当知所爱之人,并知其处所。若不知其处所,将不得言爱,更何言尽不尽耶。

墨子答之曰："不知其处所，不害爱之，说在丧子者。"言爱人者不知其处所而仍爱之，如爱子者子虽丧而人不妨爱之也。盖真爱不必有对象存其心目中，尽其在我者而已。故曰："说在丧子者。"

（十）兼爱何故杀盗也。说之曰："狗犬也。杀狗杀犬也。盗，人也。杀盗，杀人也。"

墨子答之曰："盗，人也。杀盗，非杀人也。"譬之曰："获，人也。爱获，爱人也。臧，人也。爱臧，爱人也。此乃是而然者也。获之亲，人也。事获之亲，非事人也。其弟，美人也。爱弟，非爱美人也。车，木也。乘车，非乘木也。船，木也。入船，非入木也。盗，人也。多盗，非多人也。无盗，非无人也。奚以明之。恶多盗，非恶多人也。欲无盗，非欲无人也。世相与共是之。若是，则虽'盗，人也。爱盗，非爱人也。不爱盗，非不爱人也。杀盗，非杀人也。'无难。……此乃是而不然者也。"（《小取》）又曰："恶盗之为加于天下，而恶盗不加于天下。"

此难兼爱人类，何故杀人类中为盗之人。墨子答以"杀盗非杀人"。意谓兼爱人类，故恶为害于人类者。盗为害于人类，则恶而杀之，所以绝盗萌而爱人类也。盗虽人类之一，然为盗则另有一盗之名，而非无罪之普通人矣。故杀盗，杀其有为盗名者之人，非杀普通之人也。（按此与下三条皆为名家与墨家之辨。当世争论甚烈。其精微处，属于名家。兹不具详，仅以关于墨义者言之。盖此文乃论墨学,非论名学也。)

(十一)兼爱何故厚爱禹。此亦名家之说,与前条同一理解。辞佚。

墨子答之曰:

> 为天下厚禹,为禹也。为天下厚爱禹,乃为禹之爱人也。厚禹之为加于天下,而厚禹不加于天下。若恶盗之为加于天下,而恶盗不加于天下。

此言为爱天下之故而厚爱禹,乃为禹之厚爱天下也。其所厚虽在禹,而所爱仍在天下。如以天下之故而恶盗,所恶在盗,而所爱仍在天下也。

(十二)爱人不外己。

> 爱人不外己,己在所爱之中,爱加于己。伦列之爱己、爱人也。

此言爱人不外己,己在所爱之中。己在所爱,是爱仍加于己也。爱加于己,谓之为伦列之爱己。伦列之爱己,即爱人也。而墨子之意,则以为圣人之爱人,有厚薄而无伦列。

> 圣人不为其室。藏之故,在于藏。圣人不得为其子之

事。圣人之法，死亡亲。为天下也。厚亲，分也。以死亡之，体渴兴利。有厚薄而无伦列。

何谓"伦列"？"义可厚厚之，义可薄薄之，谓之伦列。德行、君上、老长、亲戚，此皆所厚者也。"何谓"厚薄"？"为长厚不为幼薄。亲厚，厚。亲薄，薄。亲至，薄不至。厚亲，不称者而类行。为天下厚禹，乃为禹之爱人也。""伦列"，即儒家差等之爱，所谓为"私厚"者也。"厚薄"，所谓"为长厚不为幼薄"者也。"厚薄之爱"与"伦列之爱"，虽同有厚薄，而一则自我为之厚薄，一则自人为之厚薄。一则无分别厚薄之心，一则有分别厚薄之意。此儒墨不同也。

儒家以"爱人不外己，己在所爱之中"，谓之为伦列之爱。伦列之爱己，即是爱人。而墨家则以为不然。舍己爱人，虽有厚薄，皆"为天下"之故。伦列之爱己，不得谓之为爱人。

以上十二项，墨与非墨辨兼爱者，义蕴尽此矣。前六主于劝行，后六主于明知，皆具有甚深妙义。唯"非性""害孝"颇见讥于后世，兹取而重为辨之如下：

（一）兼爱果为人之本性乎？兼爱是否为本性，《墨子》书中，未尝明言。其对巫马子之言，以利己者终不得利己，唯爱人者乃可以利己。此说亦只以爱人为手段利己为目的，当人我利害冲突时，犹然不免舍人利己也。何则？以其以爱己心为本位也。爱人之公，常不胜其爱己之私。是兼爱说，终当以非本性而受疑沮，此为墨子说兼爱一大缺点。其后庄子掊击儒墨，常从"非性"立论。《天道》篇载："孔子繙十二经以说老子。老子曰，大缦，愿闻其要。孔子曰，要在仁义。老子曰，请问仁义，人之性邪。孔子曰，然，君子不仁则不成，不义则不生，仁义，真人之性也。又将奚为矣。老聃曰，请问何谓仁义。孔子曰，中心物恺。兼爱无私。此仁义之情也。老聃曰，意，几乎，后言。夫兼爱，不亦迂乎。无私焉，乃私也。夫子若欲使天下无失其牧乎，则天地固有常矣，日月固有明矣，星辰固有列矣，禽兽固有群矣，夫子亦放德而行，循道而趋，已至矣。又何偈偈乎，揭仁义，若击鼓而求亡子焉。意，夫子乱人之性也。"（按庄子所言仁义，兼破儒墨两家之说。《韩非子》曰："儒墨俱道仁义，兼爱天下。"是仁义为儒墨两家共通之学说，兼爱无私乃仁义之正解，亦儒墨两家共通之论。）

《骈拇》篇曰：

> 骈拇枝指，出乎性哉，而侈于德。附赘悬疣，出乎形哉，而侈乎性。多方乎仁义而用之者，列于五藏哉，而非道德之正也。……是故凫胫虽短，续之则忧。鹤胫虽长，断之则悲，故性长非所断，性短非所续，无所去忧也。意仁义其非人情乎。彼仁人何其多忧也。且夫骈于拇者，决之则泣，枝于手者，龁之则啼，二者或有余于数，或不足于数，其于忧一也。今世之仁人，蒿目而忧世之患，不仁之人决性命而

> 号食富贵，故意仁义而非人情乎，自三代以下者，天下何其嚣嚣也。

此言仁义果出于本性，何为行仁义者之不自然也。《徐无鬼》篇曰：

> 爱利出乎仁义，情（郭本作捐，兹据何人承天引）仁义者寡，利仁义者众。夫仁义之情，唯且无诚，且假夫禽贪者器。

"爱利出乎仁义"，此正破墨家语。墨家以"仁爱也，义利也"，爱利出乎仁义，故仁者爱人，人亦从而爱之。义者利人，人亦从而利之。庄子则以为如此，是诚心行仁义者寡而利用仁义者众。仁义不但无实，且为奸人盗国之器，枭雄聚众之资。故曰："夫兼爱不亦迂乎，无私焉乃利也。"按庄子掊击仁义，常从"矫""伪"两点。矫则不自然，如弓之张而不弛也。稍弛，则反张之矣。伪则不真实，如虎质而羊皮也。其终必近人而择噬，此所以致慨于盗跖田常也。其言虽激，颇含至理。

儒墨两家，同道仁义，同见非于道家，故两家学说，颇受道家攻击之影响，厥后儒家孟子，起而救之以"性善论"，墨家宋子起而救之以"情欲寡说"，皆为道家而发也。孟子之说曰："恻隐之心，人皆有之，羞恶之心，人皆有之，恭敬之心，人皆有之，是非之心，人皆有之。恻隐之心，仁也，羞恶之心，义也，恭敬之心，礼也，是非之心，智也。仁义礼智，非由外铄我也，我固有之矣。"孟子生孔子后，习闻道家非难之论，又不满墨家"利外"之说，反本内观，一求诸性，遂创立"性善论"。其主爱人利物，皆自性生，所不同者，有亲疏先后之序，亲亲而仁民，仁民而爱物（亲其兄之子过于亲其邻之子），逐次扩充也。

孟子之说，曾见难于同为儒家之荀子，荀子曰："人之性恶，其善者伪也（此伪字，义同人为），仁义礼智，皆自伪生。矫性情，积礼义，则为君子矣。纵性情，安恣睢，则为小人矣。人之初生，而有好利焉，顺是故争夺生而辞让亡焉。生而有疾恶焉，顺是故残贼生而忠信亡焉。生而有耳目之欲，又好声色焉，顺是故淫乱生而礼义文理亡焉。"君子小人之分，唯在能化性起伪，人皆有可以知仁义行仁义之性，而不必顺性即是仁义，故须有积习矫饰之功。孟荀性论，为儒家内部二千年来之争点，其关系于兼爱学说者，至巨。附记于此，以明孟荀学说之是非，及研究兼爱是否出于本性者之参考。

继墨子而后起者，惠施宋钘，因道家之非难，对兼爱说亦各有新发明。惠施言"天地万物，与我一体，故泛爱"。宋钘谓"人之情欲寡"，故为人多，而为己少。一向内，一向外，一从物之本体立论，一从"心之内行"立论，皆各有补于兼爱说。今因惠施之说，非本论范围，姑申引宋钘之说，以明墨家之心性论。

庄子《天下》篇曰："以禁攻寝兵为外，以情欲寡浅为内。"语心之容，命之曰心之行，以胹合欢，以调海内。赵遥游曰："辨乎内外之分，定乎荣辱之境，彼其于世，未数数然也。"荀子《解蔽》篇曰："宋子蔽于欲而不知得。"《正论》篇曰："宋子曰，人之情欲寡，皆以己之情为欲多……率其徒属，辨其谈说，明其譬称，将使人知情欲之寡也。"宋子之学，大抵以"情欲寡说"为宗，故庄子谓其"以情欲寡浅为内"，又称其能"辨内外之分"，则宋子之学，亦因墨者"重外"之过，故反而求诸内者欤。

"情欲寡说"，与其谓为"兼爱说"之救济，无宁谓为"节用论"之根本，今姑置节用而举其有裨于兼爱者言之，情欲寡说之有助兼爱者，在证明"人性本不甚利己"一点。所谓己者，乃指人类之最小之生命而言，其余皆非真实之己也。世人所为利己者，皆由于认识一己之界说不清，利其在人之己，而非利其在我之己也，皆利其殉于外者，而非能利其得于内者也。若使人知在人者之非我也，殉于外者之非得于内也，则将不甚利己，而不妨利人。何则性分中有待于外者甚少，除最小之生命外，皆非己也。养此最小之生命，乃甚易易，所谓"姑置五升之饭足矣"，过此非所需也。人诚能识此最小之己，所需于外甚少，则有"余力相劳，余财相分，良道相教"，又何难哉。

利己心与利他心，同出而异名，犹圆周之与圆积也，今试以一圆心而作大圆，更于圆周之内作小圆，令此小圆代表己，大圆代表人，圆周代表人己之范围，圆积代表人之权利，则常见小圆之外周日广，则大圆之内周日狭。广而至于与大同体，则无内外之分，大圆小圆同一也。又使小圆之内积日减，则大圆之外积日增，减而至于与圆心同核，则亦无内外之分，而大圆小圆同一矣。由前之义，是墨家惠施之说也。惠施以天地万物与我一体，故"泛爱"。此以一己之外周扩大，至与天地万物同一界域，则爱己心即爱他心也。由后之义，是子家宋钘之说也。宋钘以人之情为欲寡，其一己所需之权利至简，故"为人"，此以一己之内积核减，至于真实之我而后止，则不爱他，未便利己也，爱他，亦无妨于利己，此宋子说也。今举一例以明之。如自爱其身而不爱他人之身，此以身为圆周也，若扩大之，至于家，则自爱其家而不爱他人家者，亦兼爱他身矣。再扩大之至于国，则自爱其国而不爱他人之国者，亦兼爱他家矣。若再扩大之至天下，至于人类。则自爱其类而不爱他之类者，亦兼爱他国矣。不亦所谓"己"者愈大，而所谓爱者愈广乎。己与他，有异量而无异质，此前说也。又如以所谓"我"者等于圆积。圆积愈小，则所谓我者亦愈小。而所需于爱我之权利亦愈小，则所余以爱他人者亦愈大。圆积愈大，则所谓我者亦愈大，而所需于爱我之权利亦愈大，而所余以爱他人者乃愈小。如吾力足以食十人，而吾所需之食仅一人，则其余皆可以利人矣。又如吾所需自然物之供给者为百，今灭而为十，则有九十之余物以利他人矣。反之，则需食人之力以自给，夺人之物以自养，而为损人利己之事。前者将一己之量扩大，故利他即是利己，爱己即是爱他。后者将一己之质缩小，利人未便损己，利己亦不害人。故曰利己之与利他，同出而异名，互为隐现也。

若夫就其心之发动观之，则利他实可谓第一天性，而利己则第二天性也。何以言之？今见孺子将入于井，必有怵惕恻隐之心，非所以纳交于孺子之父母也，非所以邀誉于乡党朋友也，非恶其声而然也，此人类自然利他心之发动也。若夫见孺子已入于井，其井甚深而不可救，则必拔援梯阶而后入焉。或明知其无益而以为不必救，或身畏其害而竟不敢救。此则考虑后之第二念也，故利己心虽若天性，实则经过最速之计较，利人则不待计较，而自然发生，一计较则反踌躇矣。此足证利人之为前性，而利己之为后性也。又如遂一利人之事，天君泰然，常有乐不可喻之状。遂一利己而不害人之事，虽亦自觉愉快，其内心究不若利人者之融融。此则第一天性与第二天性之较也。又若遂一损人利己之事，人虽不知，己独内愧，如芒刺之在背，负债之于心，此又可见损人利己之非本性矣。若夫以利人为手段，以利己为目的，为爱己而爱他。虽得互助之利，实减同情之乐。以计较之心，代苦乐之辨，中心芥蒂若不慊焉。斯则"纯洁"与"有为"之辨也。岂非出于性者愈远，而安于心愈歉欤？以此观之，兼爱之为第一性，而自爱之为第二性也，审矣。未自爱者，未有不经计较而后发动者也，故经验愈高者，其自爱亦愈甚。计较愈熟者，其同情亦愈减。老吏断狱，酷然无情，非无情也，经验多也。青年爱国，舍身不顾，非不顾也，计较粗也。故计较粗，则青年有本性，经验多，则老吏失常态，以此知人类利己，乃历劫积智所习然，为"习性"而非"本性"矣。汉第五伦曰："吾兄子病，吾夜十往视之，归而酣寝。吾子病，夜一往视之，归而竟夕不寐。"认第二性为第一性，斯盖由汩没已久，忘其本真。甚矣，以利己为天性，以别爱为自然，自有生物以来，即日积而月累。锢其本真久矣。世无上智大仁，谁与见兼爱之为本性邪？

适草此文竟，阅报载："辽沈某次车，为飞机掷弹所击，车厢外有妇人抱子而坐于踏板者，其子适中弹而颠，离于怀，妇人亦跃下。车行甚急，弹丸如雨，妇人碾于轮下断焉。"此一事怦怦然动吾感想。当妇人仓卒之际，不知爱子之不可救，而随以跃车，则兼爱之第一念也。若稍用理智，知"子身""我身"之别，则可以不必跃矣。此妇人爱子之身若其身，痛子之死忘其死。此一刹那间之情绪，乃人类最高尚最纯洁之爱也，若有"我身""彼身"之计较者，则必先爱其身后爱他身，不肯舍己而殉人矣。故利己心为第二天性，在嗜欲浅天机深者，常能自觉。若夫第二天性与第一天性之试验，第二天性于最速间，不能抗第一天性之支配。此则吾所以主"兼爱""利己"均出天性，而兼爱尤为自然也。（十月一日附记）

（二）兼爱果有害于孝乎？兼爱是否有害于孝，此问题在墨子时代，尚非争论要点。自孟子"无父"之说出，而后天下之儒者，始集矢于墨。孟子曰："墨子兼爱，是无父也，杨子为我，是无君也，无父无君，是禽也。"此语骤闻之，若甚严谨。细按之，实乃粗疏。以孟子之好辨，又自谓有知言之术，且略通名家白马等说者，不应于如此之重要问题，而论证粗疏乃尔。余尝求其故，读《孟子》好辨、许行两章，及《论语》孔子答沮溺丈人之词，而知矣。孔子明人伦，所重在组织。孟子，儒之社会学家也，立君臣，序父子，以明人之有伦，所以异于禽兽也。其言与孔子答沮溺意同，盖不欲人之自毁其社会组织，以反于涣若禽兽之初民状态也，故于杨之为我、墨之兼爱，皆直斥之为禽兽。非丑诋之辞，乃比拟之论。意若曰，为我者，上不臣天子，下不友诸侯，并耕而食，饔飧而治，有我无人，无君臣之义，是自毁其国之组织也，无国之组织者，禽兽之道，非人道也。兼爱者，视人之家若其家，视人之身若其身，兼而爱之，兼而利之，人我同一，无父子之亲，是自毁其家之组织也。无家之组织者，亦禽兽之道，非人道也。两言"无父无君"，两言"是禽兽"，犹言失家国组织之要素者，是自反于初民之域，而同"人道"于"禽道"也。夫人之所以异于禽兽者，在"人能群而禽兽不能群"耳，人之所以能群者，以有"伦"也。若乱其伦，是自毁其群。自毁其群，则反人道于禽道矣。故孟子痛斥之，其拒杨墨之旨如此。

虽然，吾人细按"兼爱说"，果有如孟氏之所云者乎？曰否否。孟之说盖未通乎墨之意，得乎兼而遗乎交，执乎爱而未权乎利也。墨子兼爱，乃合"兼交爱利"而言。爱必待周，而利不必得，故爱无差等，而利有厚薄。"薄盗厚禹""为长厚不为幼薄""亲至，薄不至""有疏而无绝，有后而无遗"，皆极爱利之"权"，与儒家仁至义尽无殊，非若后世所谓功罪平等，尧跖等观，齐爱而并利之也。大抵孟子之时，墨家徒属，有不尽如师说者，舍交言兼，弃利言爱，而所谓兼者，又非"兼尽"之兼，为"兼并"之兼，故常来"两爱不并立"之问。若使知"兼交爱利"之义，则当时许多无谓之辨，皆可以省矣。

至于孟子所以破兼爱说者，不特未撼墨子之领域也，即以墨家徒属所谓兼爱者言之，亦未能有破也。何以言之，人之所以异于禽兽者，其于类之爱也，不在兼不兼，而在爱不爱。人能爱其父，亦爱他人之父，此"兼爱"也。禽兽不特不爱他人之父，亦不自爱其父，此"兼不爱"也。兼爱，人也；兼不爱，禽兽也。今曰人之"兼爱"，同于禽兽之"兼不爱"，但问其兼之同，不别其爱之异，此察类不精之过也。不谓孟子以知言之选，而竟有"察类"之失。

"兼爱""不兼爱""兼不爱"，此三辞者，含义各别，不可不察也，儒家之大同，佛家之博爱，墨子之爱人必待周，皆"兼爱"也。杨氏之为我，儒家之小康，孟子之推恩，皆"不兼爱"也。禽兽（指一部分之禽言）相食，无父子君臣之义，无辞让廉节之礼，皆"兼不爱"也。"兼爱"之与"兼不爱"，为绝对之异，如东西之相反也。"兼爱"之与"不兼爱"，为相对之异，如尺寸之相比也。孟子以"不兼爱"异于"兼不爱"，而以"兼爱"同于"兼不爱"，此其所以蔽也。

知上述之义，则墨子之"兼爱"，与孟子之"不兼爱"，孰为有害于孝，孰为有益于孝，其是非得失可得而断也。墨子之"兼爱"，无薄于孝，而有厚于仁。孟子之"不兼爱"，无厚于仁而有厚于孝。是则墨子仁孝兼厚，孟则一厚一薄。其是非得失，一言可定。今姑不必词费，举一实例以证明之，假有二动物于此，其一动物者，于其父寒则衣之，饥则食之，疾病则侍养之，其于他人之父亦然。其一动物者，于其父也，寒亦衣之，饥亦食之，疾病亦侍养之，其于他人之父则不然。为问此二动物者，谁为无父乎，谁为有父乎？若曰，前者禽兽而后者人也，则吾殊不愿世之多人，宁多禽兽也。

且兼爱无害于孝，不特墨子之说然也，即孟子亦自知之。

孟子曰："杀人之父，人亦杀其父，杀人之兄，人亦杀其兄。"墨子曰："我从事爱利人之亲，人亦报我以爱利吾之亲。"墨子曰："爱人者人亦从而爱之，利人者人亦从而利之。"孟子曰："爱人者人恒爱之，敬人者人恒敬之。"此非墨孟之言，若合符节哉。其实则同，其名则异，而言语名词之辨，亦可以休矣。

又不特孟子之说为然也，儒家论孝亦同。《孝经》曰："敬亲者不敢侮于人，爱亲者不敢慢于人。"又曰："以天下养，孝之至也。"如是则非特墨家之兼爱，无害于孝，而儒家之孝，反以兼爱为极致也。

又不特儒家之说为然也，道家之说至仁亦有之，谓"兼爱"为超乎孝，而非不及于孝，商本之问庄子是也。《天道》篇：

> 商太宰问于庄子曰，何谓至仁？庄子曰，至仁无亲。太宰曰，荡闻之，无亲则不爱，不爱则不孝，谓至仁，不孝可乎？庄子曰，不然，夫至仁尚矣，孝固不足以言之，此非过孝之言也，不及孝之言也。夫南行者至于郢，北面而不见冥山，是何也，则去之远也。故曰，以敬孝易，以爱孝难，以爱孝易，以忘亲难，忘亲易，使亲忘我难，使亲忘我易，兼忘天下难，兼忘天下易，使天下兼忘我难。夫德遗尧舜而不为也，利泽施于万世天下莫知也，岂直太息而言仁孝乎哉。

庄子论"孝"与"至仁"之分，为古今辨论兼爱、别爱者最精之言，盖孝与不孝之分，异类也，东西也。至仁与孝之分，同类也，远近也。以此言之，"兼爱无害于孝"明矣。

或曰，吾子言"兼爱不妨孝"，可谓辨矣。今有一实例于此，假遇二老饥欲死，其一吾父，其一人之父也，墨子得饭一盂，不能兼救二老之死，以奉其父耶，以奉人之父耶？吾意为亲度之墨子，必先奉其父矣，使奉其父则墨子亦别爱，如曰不然，谓吾父与人父等尔，无所择，则吾以为孟子"兼爱无父"之断案，不为虐。是故吾侪终以墨家兼爱之旨为善而不可用，不如儒家"老吾老以及人之老，幼吾幼以及人之幼"之能当理而厌心也。

答曰，子所举者，乃"万有一焉"之特例也。凡人之立说，不当以特例而乱常理，尤不当以奇事而穷变态也。果如客言，不特墨家兼爱之说，为无所施。即儒家别爱之义，亦不可行也。今试问此二老者，为主兼者乎，为主别者乎。若其兼者，则宁相让。若其别者，则将相争。相让则互成其美，相争则一受其恶。而为之子者抑将助父殴之乎，抑劝之相让邪？若劝之相让，则仍是兼爱。若助之为殴，既不能救，又从而殴之毙之，是诚何道，吾恐别爱之儒者亦将不免为残忍酷虐也。夫大饥大兵之时，古今之不能两全其爱者，盖亦多矣。赵苞之无母，邓攸之弃儿，斯皆无可奈何之事，而君子许之。原其心而略其迹，非谓必能生之也。其心果兼爱，则虽死二老与一子，固天下之悲剧，而仁人所动心也。若其较利计害，死他生自，既自为忍人,又陷父不义,吾未见其可也。是故纵令处兹穷奇之时,余犹以为兼爱胜于别爱,何则,以其所全于孝者大也。若乎设奇难之词,立不两全之义,以相诘而求是,吾以为舜之窃负而逃,皋陶执之,其于朋友君臣父子之义,必有一相防者矣。然则儒家别爱之说,与人伦又可尽通乎?吾故曰不当以奇例而乱常理也。

是做兼不害孝之说,以孝为兼所包,能兼者必能孝,能孝者不必能兼也。

第二章 非攻

非攻，兼爱条目之一也。子墨子曰："天下之乱恶自起乎，起于不相爱。"（一）自爱其身而不爱他人之身。（二）自爱其家而不爱他人之家。（三）自爱其国而不爱他人之国。因此则酿成三乱象：（一）贼杀。（二）盗窃。（三）攻战。三者之中，以攻战之为最烈。然世人对于贼杀、盗窃，尚得知而非之，国家或从而禁之。唯对于国与国之相攻战，则不但不知非，且从而誉之，不但不禁，又从而赏之，甚矣，正义之不明，而人类之多难也。推其所以致此之由，则原于人类之利己心与其好胜心，而又有受淘融于先世，与禽兽争，与龙蛇争之野蛮遗习。权臣霸主，从而利用，曲学纤人，因而附和，遂得施其煽惑之术，以致鼓簧血性有为之人群。嗟乎，自部落酋长以来，久矣，以掠夺为光荣，以杀戮为耕作，盖不知狗彘之行，人类之所丑也。墨子有见于此，不忍于心，而大声疾呼以斥之曰"非

攻"。"非攻"所以醒千载之痴妄,救一世之沈沦,而为人类留一"人道"于世,以勿自附于禽兽之伦也。《非攻上》篇,曰:

> 今有一人入人园圃,窃其桃李,众闻则非之,上为政者,得则罚之,此何也?以亏人自利也。至攘人犬豕鸡豚者,其不义又甚入人园圃窃桃李,是何故也?以亏人愈多,其不仁兹甚,罪益厚。至入人栏厩取人马牛者,其不仁义又甚攘人犬豕鸡豚,此何故也?以其亏人愈多,其不仁兹甚,罪益厚。至杀不辜人也,拖其衣裘,取戈剑者,其不义又甚入人栏厩取人马牛,此可故也?以其亏人愈多,苟亏人愈多,其不仁兹甚矣,罪益厚。当此天下之君子,皆知而非之,谓之不义。今至大为不义,攻国,则弗知非,从而誉之谓之义,此可谓知义与不义之别乎?杀一人谓之不义,必有一死罪矣。若以此说往,杀十人十重不义,必有十死罪矣。杀百人,百重不义,必有百死罪矣。当此天下之君子,皆知而非之谓之不义。今至大为不义,攻国,则弗知非,从而誉之谓之义,情不知其不义也,故书其言以遗后世,若知其不义也,夫奚说书其不义以遗后世哉?今有人于此,少见黑曰黑,多见黑曰白,则以此人不知白黑之辩矣。少尝苦曰苦,多尝苦曰甘,则必以此人为不知甘苦之辩矣。今少为非则知而非之,大为非攻国则不知而非,从而誉之谓之义,可为知义与不义之辩乎?是以知天下之君子,辩义与不义之乱也。

小为非则知而非之，谓之不义，大为非则不知而非之，从而义之，此可谓不知义与不义之辨矣。然知其不可而犹为之，则以好义之心，常不胜其好利之情，墨子于此，譬之人之有窃疾者。

子墨子见楚王曰，今有人于此，舍其文轩，邻有敝舆而欲窃之。舍其锦绣，邻有短褐而欲窃之。舍其粱肉，邻有糠糟而欲窃之。此为何若人？王曰，必为有窃疾矣。子墨子曰，荆之地方五千里，宋之地方五百里，此犹文轩之与敝舆也。荆有云梦，犀兕、麋鹿满之，江汉之鱼鳖鼋鼍，为天下富，宋所为雉兔狐狸者也，此犹粱肉之与糠糟也。荆有长松文梓梗楠豫章，宋无长木，此犹锦绣之与短褐也。臣以王之攻宋也，为与此同类也。(《公输》)

子墨子谓鲁阳文君曰，今有一人于此，羊牛犓豢，维人但割而和之，食之不可胜食也，然见人之作饼，则还然窃之，曰，舍余食，不知耳目安不足乎，其有窃疾乎？鲁阳文君曰，有窃疾。子墨子曰，楚四竟之田，旷芜而不胜辟，呼灵数千，不可胜用，见宋郑之闲邑，则还然窃窃，此与彼异乎。鲁阳文君曰，是犹彼也，实有窃疾也。(《耕柱》)

地有余而常欲侵他人之地，财有余而常欲得他人之财，此种变态心理，唯有"盗窃癖"者有之，饥寒之盗窃，不若是也。唯其有"癖"，是以不知其非，常乐称道之以贻后世。

> 子墨子谓鲁阳文君曰，攻其邻国，杀其民人，取其牛马粟米货财，则书之于竹帛，镂之于金石，以为铭于钟鼎，传遗世子孙，曰莫若我多。今贱人也，亦攻其邻家，杀其人民，取其狗豕食粮衣裘，亦书之竹帛，以为铭于席豆，以遗后世子孙，曰莫若我多，亦可乎？鲁阳文君曰，然。吾以子之言观之，则天下之所谓可者，未必然也。（《鲁问》）

杀人越货而书之竹帛。今之战史，古之赃案也。彼鼎粲粲而碑巍巍者，宁非所盗之财物粟米，与其所杀人之父子兄弟之纪录乎。野蛮以杀人多者为贵，取其骷髅而贯之累累若珠，或悬腰间，或披肩上，以眩耀于侪辈，夸饰于妇女，文明人见之，为恶心发呕者数日。然归而事其国，又欲加入远征队以博英名，其饮至策动，耀耀于肩上腰间者，独非骷髅乎。使后世文明人见之，吾又不知其恶心呕吐，至若干日而后止也。呜呼惑哉。

> 鲁阳文君语子墨子曰，楚之南有啖人之国者，其国之长子生，则解而食之，谓之宜弟。美则以遗其君，君喜则赏其父，岂不恶俗哉？子墨子曰，虽中国之俗亦犹是也，杀其父

而赏其子,何以异食其子而赏其父哉?苟不用仁义,何以非夷人之食其子也?(《鲁问》)

读此,则知今之以恤金咭人,及受人恤金者,为可哀也矣。凡霸主权臣曲学纤人之所以鼓励战斗者,又非止公战已也。于私人相与间,亦极力提倡争斗,以为攻战利用之资,反人性于兽性,其用心甚危,其贻祸亦至大。

《耕柱》篇曰:

子墨子谓骆滑氂曰,吾闻子好勇。骆滑氂曰,然。我闻其乡有勇士焉,吾必从而杀之。子墨子曰,天下莫不欲与其所好,度其所恶。今子闻其乡有勇士焉,必从而杀之,是非好勇也,是恶勇也。

此为当时提倡好勇所致。越勾践,赵文王,齐泯宣,常令勇士斗于前,断头洞胸者相继而不止也。以斗牛斗鸡之戏行于斗人,令观者与斗者俱失其本性,养成乐嗜杀人之习,一经道破,可笑亦可悯也。又或问,君子亦有斗乎?子墨子曰,君子无斗。曰,狗豨犹有斗,乌有士而无斗者矣?子墨子曰,伤哉,言则称汤文,行则法狗豨,伤哉。今之以"武士道"或"决斗"自夸者,吾不知其行为居何种也。

攻战非特不义而已,而又有不利焉。

（一）夺民之时。"今师徒唯毋兴起，冬行恐寒，夏行恐暑，此不可以冬夏为者也。春则废民耕稼树艺，秋则废民获敛。今唯毋废一时，则百姓饥寒冻馁而死者，不可胜数。"（《非攻中》）

（二）费民之财。"今尝计军上竹箭羽旄幄幕甲盾拨劫往而靡弊腑冷不反者，不可胜数。又与矛戟戈剑乘车，其所往碎折靡弊而不反者，不可胜数。与其牛马肥而往瘠而反往死亡而不反者，不可胜数。"（《非攻中》）

（三）用民之命。"与其涂道之修远，粮食辍绝而不继，百姓死者，不可胜数也。与其居处之不安，食饭之不时，饥饱之不节，百姓之道疾病而死者，不可胜数。丧师多不可胜数，丧师尽不可胜计。则是鬼神之丧其主后，亦不可胜数。国家发政夺民之用，废民之利，若此甚众。"（《非攻中》）

《非攻下》曰：

> 今王公大人天下之诸侯，差论其爪牙之士，比列其舟车之卒伍，于此，为坚甲利兵以往攻伐无罪之国。入其国家境，芟刈其禾稼，斩其树木，堕其城郭，以湮其沟池，攘杀其牲牷，燔溃其祖庙，劲杀其万民，覆其老弱，迁其重器，卒进而极斗，曰死命为上，多杀次之，身伤者为下，又况失列北桡乎哉？罪死无赦以谇其众，夫母兼国覆军，贼虐万民，以乱圣人之绪，意将以为利天乎？夫取天之人，以攻天之邑，此刺杀天民，剥振神位，倾覆社稷，攘牺牲，则此上不

中天之利矣。意将以为利鬼乎？夫杀天之人，灭鬼神之主，废灭先王，贼虐万民，百姓离散，则此中不中鬼之利矣。意将以为利人乎？夫杀人之为利人也薄矣，又计其费，此为害人之本，竭天下百姓之财用，不可胜用也。则此下不中人之利矣。

孙子曰，兴师十万，日费千金，军骑之奉，兵甲之用，运饷之费，殆于道路，不得操事者，七十万家，攻城则蚁附之，杀士卒三分之一，而城不扳者，此攻之灾也。（《谋攻》篇）

孙子为中国第一军事哲学家，其言攻之害犹如此，则攻之为不利可知矣。凡战争之起也，货财、时间、生命、平日所珍重宝贵而不肯轻费者，至此皆一逞而无吝，以求赌最后之胜负。败者固已伤残，而胜者亦皆耗竭。直接战役者固破坏，而间接他役者亦波累。百年元气不能复，数世积累一旦尽。不观近世欧洲大战乎，直接死战役者三千万人，动员及于全国，则寡妇孤儿，衰翁弱母之因而焦瘁忧伤死者，又不知几千万也。战罢之后，疮痍满目，失业满街，此其耗民命大矣。其财产损失，以亿万计。而间接之工商业，停滞破坏。煤卤无烟，轮运无货，购买无力，全球生活将起一大恐慌，至今方兴而未有艾也。再观我国，军阀林立。河山破碎，强弱相吞，大小相并，俨同割据，攻战不休。养兵至三百万。人民殚其地之出，竭其庐之人，以供军费而不足。民至饿莩投河仰药自缢死者，无时无地之。其连年所耗人口之量，财产之数，又不可胜计也。吾人所可知者唯见国人死亡穷困之日相逼迫，料知来日大难耳。噫，攻战为之害，诚自有人类以来，最可为悲痛之事也。夫攻战之为不义既若彼，其为不利又若此，则攻之当非明甚。然而人类本有好胜心与贪得心，又加以霸主权臣曲学纤人之鼓惑，或因借外以安内，或因立功而诿过。故不惜作为种种饰词以维护其短。墨子析之约有三种：（一）贪伐胜之名。（二）贪得之利。（三）以义名立下。今分述其驳论如下：

（一）贪伐胜之名。此言最中人主之听。而遇好大喜功之国民，尤易邀誉。故饰攻者持之最力。而墨子驳之，以为无名可贪，无功可得。"计其所自胜，无所可用也。"以此为名，名于何有？窃观古今不义而战胜之国，其所得者果何哉？亦曰，狗豨之行，豺虎之事，盗贼劫杀之所为也。铭钟书简，徒为后人唾骂之资而已。

（二）贪得之利。《非攻中》曰："计其所得，反不如所丧者之多。今攻三里之城，七里之郭，攻此不用锐，且无杀而徒得，此然也。杀人多必数于万，寡必数于千，然后三里之城，七里之郭，且可得也。今万乘之国数虚于千，不胜而入，广衍数于万，不胜而辟。然土地者所有余也，王民者所不足也。今尽王民之死，严下上之患，以争虚城，则是弃所不足而重所有余也。为政若此，非国之务者也。"

此言攻战无利可贪，无实可得，而所得者死亡与贫弱而已。然而"饰攻者"之犹言未止也。以为自有国以来,所谓四五富强国者皆因攻战之故而富强,则攻战未为无得也。

　　饰攻战者言曰,南则荆吴之王,北则齐晋之君,始封于天下之时,其土之方未至有数百也,人徒之众未至有数十万人也。以攻战之故,土地之博,至有数千里也,人徒之众至有数百万人。故当攻战而不可不为也。子墨子言曰,四五国则得利焉,犹谓之非行道也。譬若医之药人之有病者然。今有医于此和合其祝药之于天下之有病者而药之,万人食此,若医四五人得利焉,犹谓之非行药也。故孝子不以食其亲,忠臣不以食其君。古者封国于天下,尚者以耳之所闻,近者以目之所见,以攻战亡者,不可胜数。是故子墨子言曰,古者王公大人情欲得而恶失,欲安而恶危,故当攻战而不可不非也。(《非攻中》)

然而"饰攻者"之言,犹未已止也。以为失利之国,由于不善用众。若善用众,则可以得兼并天下之利而墨子破之,以为好战必亡,决无幸得。

　　饰攻者之言曰,彼不能收用彼众,是故亡。我能收用我众,以攻战于天下,谁敢不宾服哉?子墨子言曰,子虽能收用子之众,子岂若古者吴阖闾哉?古者吴阖闾,教七年,奉甲执兵，奔三百里而舍焉。次注出于冥隘之径，战于柏举，中楚国而朝宋与鲁。至夫差之身，北而攻齐，舍于汶上，战于艾陵，大败齐人而葆之大山，东而攻越，济三江五湖而葆之会稽，九夷之国，莫不宾服。于是退不能赏孤施舍群萌，自恃其力，伐其功，誉其智，怠于教，遂筑姑苏之台，七年不成。及若此，则吴有离罢之心。越王勾践，视吴上下不相得，收其众以复其仇，入北郭，徙大内，围王宫，而吴国以亡。昔者晋有六将军而智伯莫为强焉，计其地之博人徒之众，欲以抗诸侯，以为英名攻战之速。故差论其爪牙之士，比列其舟车之众，以攻中行氏而有之，以其谋为既已足矣。又攻兹范氏而大败之，并三家以为一家而不止。又围赵襄子于晋阳。及若此，则韩魏亦相从而谋曰，古者有语，唇亡齿寒。赵氏朝亡，我夕从之；赵氏夕亡，我朝从之。《诗》曰："鱼水不务，陆将何及乎？"是以三主之君，一心戮力，辟门除道，奉甲与士，韩魏自外，赵氏自内，击智伯，大败之。是故子墨子言曰，古者有语曰，君子不镜于水而镜于人。镜于水见面之容，镜于人则知吉与凶。今以及战为利，则盖尝鉴之于智之事乎？此其为不吉而凶，既可得而知矣。

按，"好战必亡"，古有公例。墨子所举，仅为当时亲见之吴晋两国，似乎不足为历史的证明。其后秦以攻战而并六国，似乎饰攻者之说胜矣。然秦自称帝，不二世而亡，说者仍以为"攻战之余毒"。犹之病食积者,得病即在多食之时。病色瘵者,得病已伏娱色之日。秦之亡,不亡于子婴道左之降,而亡于并吞六国之盛。自古未有好战得国而能长久者也。故汉高虽以"马上得天下,而不以马上治之",然犹身死军中,诸吕作乱,诛刘氏子弟殆尽。设非文景之长期休养,汉之不亡亦仅耳。其后武帝好战,又几于亡。详观古今,以一战而定者有之矣,屡战而不亡者未之有也。谋国者可不知所警戒哉?

(三)为义正于天下。饰攻者之言曰,我非以金玉子女壤地为不足也,我欲以义名立天下,以德求诸侯也。

子墨子曰,今若有能以名义立于天下,以德求诸侯者,天下之服可立而待也。夫天下处攻伐久矣,譬如僮子之为马。然今若有能信效先利天下诸侯者。大国之不义也,则同忧之。大国之攻小国也,则同救之。小国城郭之不全也,必使修之。布粟之绝,则委之。币帛不足,则供之。以此效大国,则小国之君说。人劳我逸,则我甲兵强。宽以惠,缓易急,民必移。易攻伐以治我国,功必倍。量我师举之费以争诸侯之毙,则必可得而序利焉。督以正,义以名,必务宽吾众,信吾师,以此援诸侯之师,则天下无敌矣。其为利天下,不可胜数也。此天下之利,而王公大人不知而用,则此可谓不知利天下之巨务矣。

"以义名立天下",为古今饰攻者最诡辩之言。以为我之攻伐,乃以彼为不义之故。所谓"伸大义于天下"者也。而墨子驳之,以为真有为"立义名于天下"者,但当努力为义而已,不必日事攻人。所谓"立义"者,谓"内治其国,外善其邻"也。内治其国,即上所谓"督以正(同政),义以名,必务宽吾众,信吾师"。外善其邻,即上文谓"先利天下诸侯"。质言之,即能行全部"墨子之教"者是也。(兼爱,非攻,尚贤,尚同,节葬,非乐,天志,明鬼,非命。)诸侯有信能行此者,则民志统一。财赋充足,政治修明,四邻信服,以此立国,国不可敝。以此求诸侯,则诸侯莫不归之。既各爱其国,又互相兼爱。如是,则国与国不定于一尊,固无所害。即定于一尊,亦不须用兵力也。斯则和平统一,为墨子非攻之最后希望也。或曰,信如是,则墨子竟不许用兵欤?假有恃兵力为暴于天下者,墨子将何以处?倘任其横恣,岂非与兼爱之旨相妨耶?曰,否否,墨子非攻而不非诛,非战而不非守。何以明之?

(一)非攻而不非诛。《非攻下》,饰攻者之言曰,以攻伐为不义,非利物欤。昔者禹征有苗,汤伐桀,武王伐纣,皆立为圣王,是何故也?墨子曰,子未察吾言之类,未明其故也。彼非所谓"攻",所谓"诛"也。

诛者,讨叛伐暴之类。攻者,诸侯自相攻伐也。《孟子》曰:"春秋无义战,彼善于此,则有之矣。征者,上伐下也。敌国不相征也。"此与墨子言"诛"义同。

自上伐下曰诛，自下伐上亦曰诛。以墨子所举三王之事观之，诛之界说，有正变二种。汤武革命，以臣伐君，亦可谓"诛"也。孟子曰："闻诛一夫纣矣，未闻弑君也。"则儒者亦以义讨不义伐暴救民者为诛矣。诛之界说，以讨叛伐暴为解。则桀纣之君，操莽之臣，皆不免于墨子之诛矣。以此非攻，又安有恃兵力以为暴于天下者乎。

（二）非攻而不非守。谈墨子者当知墨子虽非攻而尚"守"。《备城门》以下诸篇与弟子禽滑厘论守之义，守之事，守之具，详矣。中国兵家言"守"者，莫能外也。而墨子不但详言之，且实行之。常训练其徒属，制造其守具，以代乎天下弱小诸侯之守。

> 墨子之徒三百余人皆可使蹈汤赴火。（《淮南子》）
>
> 公输般为楚造云梯之械，成，将以攻宋。墨子闻之，起于鲁，行十日十夜，足重茧而不休息，裂裳裹足，至于郢。见公输般。公输般曰："夫子何命焉？"墨子曰："北方有侮臣，愿借子杀之。"公输般不悦。墨子曰："请献十金。"公输般曰："吾义固不杀人。"墨子起再拜曰："请说之。吾从北方闻子为梯将以攻宋，宋何罪之有？荆国有余于地，不足于民。杀所不足而争所有余，不可谓智。宋无罪而攻之，不可谓仁。知而争，不可谓忠。争而不得，不可谓强。义不杀少而杀众，不可谓知类。"公输般服。墨子曰："然，胡不已

乎?"公输般曰:"不可。吾既已言之王矣。"墨子曰:"胡不见我于王?"公输般曰:"诺。"墨子见王曰:"闻大王举兵将攻宋,计必得宋乃攻之乎。亡其不得宋,且不义,犹攻之乎。"王曰:"必不得宋,且有不义,则曷为攻之。"墨子曰:"甚善,臣以为宋必不可得。"王曰:"公输般天下之巧工也,已为攻宋之械矣。"墨子曰:"令公输般设攻,臣请守之。"于是公输般、墨子解带为城,以牒为械。公输般九设攻城之机变,墨子九距之。公输般之攻械尽,墨子之守圉有余。公输般诎而曰:"吾知所以距子矣,吾不言。"墨子亦曰:"吾知子之所以距我矣,吾不言。"楚王问其故。墨子曰:"公输子之意,不过欲杀臣。杀臣,宋莫能守,乃可攻也。然臣之弟子禽滑厘等三百人已持臣守圉之器,在宋城上而待楚寇矣。虽杀臣不能绝也。"楚王曰:"善哉,吾请勿攻宋矣。"(《公输》篇)

孟胜为墨者"钜子",善荆之阳城君。阳城君令守于国,毁璜以为符,约曰:"符合听之。"荆王薨,群臣攻吴起兵于丧所,阳城君与焉。荆罪之。阳城君走,荆收其国。孟胜曰:"受人之国,与之有符,今不见符,而力不能禁,不能死,不可。"其弟子徐弱谏孟胜曰:"死而有益阳城君,死之可矣。无益也,而绝墨者于世,不可。"孟胜曰:"不然,吾于阳城君非师则友也,非友则臣也。不死,自今以来,求严师必不于墨者矣,求贤友必不于墨者矣,求良臣必不于墨者矣。死之，所以行墨者之义而继其业者也。我将属钜子于宋之田襄子。田襄子，贤者也，何患墨者之绝世也？"徐弱曰："若夫子之言，弱请先死以除路。"退殁头前于孟胜，因使二人传钜子于田襄子。孟胜死，弟子死之者八十三人。二人已致命于田襄子，欲反死孟胜于荆。田襄子止之曰："孟子已传钜子于我矣。"不听，遂反死之。墨者以为不听"钜子"。（《吕氏春秋·上德》篇）

墨子之法，杀人者死，伤人者刑，所以禁伤人也。（墨者钜子腹䵍对秦惠王语）

今观《备城门》各篇，颇有杀伤之事，又为自固其围而宣布之戒严令"斩""斩""斩"者各条，与儒者所想象慈悲不杀煦煦为仁之墨子大异。则我先墨非"弃邠迁豳"之太王，亦非"不禽二毛"之宋襄也。要知人攻我守，正所以达兼爱万民之旨。不守而退，适足以长强暴侵凌之风。务攻夺者，盗贼主义也。不抵抗者，奴隶主义也。世无奴隶，亦无盗贼，弱者"失义"，乃强者"失仁"之因。盗贼奴隶，相为罪恶种子。使天下无不守之城，吾知攻者将却步顾虑，而未敢轻发也。

《吕氏春秋》成书于墨者"言满天下"之日，其论"攻守"颇与墨家言出入，今备录以资参证。

〔论攻〕古圣王有义兵而无偃兵，兵之所自来者上矣，与始有民俱。凡兵也者,威也。威也者,力也。民之有威力,性也。性者,所受于天也,非人之所能为也。武者不能革,而工者不能移。兵所自来者久矣。黄炎故用水火矣,共工氏固次作难矣,五帝固相与争矣,递与废,胜者用事。人曰"蚩尤作兵",蚩尤非作兵也,利其械矣,未有蚩尤时,民固剥林木以战矣。胜者为长,长者犹不足以治之,故立君。君又不足以治之,故立天子。天子之立也,出于君。君之立也,出于长。长之立也,出于争。争斗之所自来者久矣,不可禁,不可止。故古之圣王,有义兵而无有偃兵。家无怒笞,则竖子婴儿之有过也,立见。国无刑罚,则百姓之悟相侵也,立见。天下无诛伐,则诸侯之相暴也,立见。故怒笞不可偃于家,刑罚不可偃于国,诛伐不可偃于天下,有巧有拙而已矣。故古之圣王,有义兵而无有偃兵。夫有以饐死者,欲禁天下之食,悖。有以乘舟死者,欲禁天下之船,悖。有以用兵丧其国者,欲偃天下之兵,悖。夫兵不可偃也。譬之若水火然。善用之则为福,不能用之则为祸。若用药者然。得良药则活人,得恶药则杀人。义兵之为天下良药也,亦大矣。且兵之所自来者,远矣,未尝少选不用。贵贱长少贤者不肖相与同,有巨有微而已矣。察兵之微:在心而未发,兵也。疾视,兵也。作色,兵也。傲言,兵也。援推,兵也。连反,兵也。侈斗,兵也。三军攻战,兵也。此八者,皆兵也,微巨之争也。今世之以偃兵疾说者,终身用兵而不自知，悖。故说虽强，谈虽辨，文学虽博，犹不见听。故古之圣王有义兵而无偃兵。兵诚义，以诛暴君而振苦民，民之说也，若孝子之见慈亲也，若饥者之见美食也，民之号呼而走之，若强弩之射于深谿也，若积大水而失其雍堤也。中主犹若不能有其民，而况于暴君乎。(《荡兵》)

〔论守〕当今之世浊矣。黔首之苦，不可以加矣。天子既绝，贤者废伏，世主恣行，与相离，黔首无所告诉。……凡为天下之民长也，虑莫知长有道而息无道，赏有义而罚不义。今世学者多非乎攻伐。非攻伐而取救守。取救守，则乡之所谓长有道而息无道，赏有义而罚不义之术不行矣。天下之长民，其利害在察此论也。攻伐之与救守，一实也，而取舍人异。以辨说去之，终无所定论。固而不知，悖也。知而欺心，诬也。悖诬之士，虽辨不用矣。是非其所取，而取其所非也。是利之而反害之也，安之而反危之也。为天下之长患，致黔首之大害者，若说为深。(《振乱》)

夫救守之心，未有不守无道而救不义也。守无道而救不义，则祸莫大焉。为天下之民，害莫深焉。凡救守者，太上以说。其次以兵。以说则承从多群，日夜思之，事心任精，起则诵之，卧则梦之，自今单唇干肺，费神伤魂，上称三皇五帝之业以愉其意，下称五伯名士之谋以信其事，早朝夜罢以告制兵者，行说语众以明其道，道毕说单而不行，则必反之兵矣。反之于兵，则必有斗争之情。有斗争之情，必且杀人。是杀无罪之民，以兴无道与不义者也。无道与不义者存，是长天下之害，而止天下之利。虽欲幸而胜，祸且始长。先王之法曰："为善者赏，为不善者罚。"古之道也，不可易。今不别其义与不义，而疾取救守，不义莫大焉，害天下之民者莫甚焉。故攻伐不可非，攻伐不可取，救守不可非，救守不可取，唯义兵为可。兵苟义，攻伐亦可，救守亦可。兵不义，攻伐不可，救守亦不可。使夏桀，殷纣，夫差，智伯，晋厉，陈灵，宋康，不善至于此者，幸也。若令桀纣知必亡国，身死殄无后类，吾未知其厉为无道之至于此也。吴王夫差智伯瑶知必国为丘墟，身为刑戮，吾未知其为不善无道侵夺之至于此也。晋厉知必死于匠丽氏，陈灵知必死于夏征舒，宋康知必死于温，吾未知其为不善之至于此也。此七君者，大为无道不义。所残杀无罪之民者，不可为万数，壮佼老幼胎殰之死者，大实平原，广埋深溪大谷，赴巨水积灰填沟洫险阻，犯流矢，蹈白刃，加之以冻饿饥寒之患，以至于今之世，为之愈甚。故暴骸骨无量数，为京丘，若山林。世有兴主仁士，深意念此，亦可以痛心矣，亦可以悲哀矣。察此其所自生，生于有道者之废，而无道者之恣行。夫无道者之恣行，幸矣。故世之患，不在不救守，而在于不肖之大幸也。救守之说出，则不肖者益幸矣，贤者益疑矣。故大乱天下者，在于不论其义而疾取救守。(《禁塞》)

吕氏之论攻守，当以义不义为衡，不宜一"攻"篇非，而"救守"是尚。斯言也，与其谓为非难墨家，无宁谓之赞成墨子。何则？墨子之义，固非攻而不非诛也。诛者，以义讨不义也。使诛之义明，则世之"叛上"与"虐下"者，皆不能免于罪矣。岂非愈有助于"兼爱"乎。墨家之法，许民带剑，甲兵之备，列于器用与衣食住行并重。则墨家修守御以防侵暴，固有义兵而无偃兵者也。不过义者，空洞之名也。强者以加诸弱小，而弱小不能自湔。汤武之事，吾知之矣。有其志则尚为惭德，无其志则更为暴乱。故义而可假而不可必。不如各安其圉，各治其国，有征而无战，有守而无攻，徐待义名之立于天下然后可也，又乌取夫攻伐为哉？

兹再举墨子对鲁阳文君一问，为假义以伐人者深省。

> 鲁阳文君将攻郑，子墨子闻而止之。鲁阳文君曰，我之攻郑，乃顺天之志，郑人三世弑其父，故天加诛之，使三年不全，我将助天诛也。子墨子曰，郑人三世杀其父而天加诛焉，使三年不全，天诛足矣。今君又举兵而攻之曰，吾助天攻郑也，顺于天之志。譬如有人于此，其子强梁不材，故其父笞之。其邻家之父，亦举木而击之，曰吾击之也，顺于而父之志。则岂不悖哉！

此喻足为借义名以干涉他国内政者进一解。嗟夫"杀人亦无限，立国自有强"，假义名以争生存，自残其国人之生，又亏天下人之生。吾不知斯事循衍至何时已也，世有仁人，其将何以救之。

第三章 尚同（尚，同上。）

"子墨子言曰，古者民始生，未有形政之时，盖其语，人异义。是以一人则一义，二人则二义，十人则十义，其人兹众，其所义谓者，亦兹众。是以人是其义以非人之义，故交相非也。是以内者父子兄弟作怨恶离散，不能相和合。天下之百姓，皆以水火毒药相亏害。至有余力，不能以相劳。腐列余财，不以相分。隐匿良道，不以相教。天下之乱若禽兽然。……明乎天下之所以乱者，生于无政长。是故选天下之贤可者立以为天子。天子立，以其力为未足，又选择天下之贤可者置立之以为三公。天子三公既以立，以天下为博大，远国异土之民，是非利害之辩不可一二而明知，故画分万国，立诸侯国君。诸侯国君既立，以其力为未足，又选择其国之贤可者，置立之以为正（正，同政）长。"

又曰："明乎民之无正长，以一同天下之义，而天下乱也。

是故选择天下贤良圣智辩慧之人立以为天子，使从事乎一同天下之义。天子既已立矣，以为唯其耳目之情，不能独一同天下之义，是故选择天下贤良圣智辩慧之人，置以为三公，与从事乎一同天下之义。天子三公既已立矣，以为天下同大，山林远土之民不可得而一也，是故靡分天下，设以为万国诸侯，使从事乎一同之国之义。国君既已立矣，又以为唯其耳目之情，不能一同其国之义，是故择其国之贤者，置以为左右将军大夫，以远之乎乡里之长，与从事乎一同其国之义。"

尚同之起因，由于一人一义十人十义。人异义则余力不能相劳，余财不能相分，良道不能相教。其最大之病，在一"私"字。化私唯公故尚同。此"同"字乃为组织社会，成立政府之要素也。故曰："天下之乱，生于无政长。"又曰："古者民始生，未有刑政之时，盖其语，人异义。"尚同则有组织有政长矣。故曰：

　　古者之置政长也，将以治民也。譬之若丝缕之有记，而网罟之有网也。将以运役天下淫暴而一同其义也。

不尚同则乱，能尚同则治。尚同之为治也，小同则小治，大同则大治。故又曰：

　　尚同之为说也。上同之天子，可以治天下矣。中同之诸侯，可以治其国矣。小同之家君，可以治其家矣。是故大同之治天下而不究，小同之治一国一家而不横者，若道之渭也。故曰治天下之国，若治一家。使天下之民，若使一夫。

是墨子之尚同，固主张以政长统一人民者也。以为有异义之人民，不可无同义之政长。是政长起源，原为化异为同而设。然为政长者，凭借政权恣其私意以为恶，则所谓上同于政长者，其害乃更大。盖前者为暴民侵凌，而后者乃暴君专制也。故墨子又设一限制曰：

> 选择其贤可者以为政长。

自天子以至乡里之长，皆贤可者，而后能令天下之义，皆同于上。其言曰：

> 天子诸侯之君，民之正长，既已定矣。天子为发政施教曰，凡闻其善者，必以告其上。闻其不善者，亦必以告其上。上之所是，必亦是之。上之所非，必亦非之。己有善，傍荐之。上有过，规谏之。尚同义其上，而毋有下比之心。上得则赏之，万民闻则誉之。意若闻见善不以告其上，闻见不善亦不以告其上，上之所是不能是，上之所非不能非，己有善不能傍荐之，上有过不能规谏之。下比而非其上者，上

得则诛罚之，万民闻则非毁之。故古者圣王之为刑政赏誉也，甚明察以审信。是以举天下之人皆欲得上之赏誉，而畏上之毁罚。

是故里长顺天子政而一同其里之义。既同其里之义，率其里之万民以尚同乎乡长。曰，凡里之万民，皆尚同乎乡长而不敢不比。乡长之所是，必亦是之。乡长之所非，必亦非之。去而不善言，学乡长之善言。去而不善行，学乡长之善行。乡长，固乡之贤者也。举乡人以法乡长，夫乡何说而不治哉？察乡长之所以治乡者，何故之以也？曰，唯以其能一同其乡之义。是以治乡。

乡长治其乡，而乡既治矣，有率其乡万民以尚同乎国君。曰，凡乡之万民，皆尚同乎国君而不敢不比。国君之所是，必亦是之。国君之所非，必亦非之。去而不善言，学国君之善言。去而不善行，学国君之善行。国君，固国之贤者也。举国人以法国君，夫国何说而不治哉？察国君之所以治国而国治者，何故之以也？曰，唯以其能一同其国之义。是以国治。

国君治其国，而既已治矣，有率其国之万民以尚同乎天子。曰，凡国之万民，上同乎天子而不敢下比。天子之所是，必亦是之。天子之所非，必亦非之。去而不善言，学天子之善言。去而不善行，学天子之善行。天子者，固天下之仁人也。举天下之万民以法天子，夫天下何说而不治哉？察天子之所以

治天下者，何故之以也。曰，唯以其能一同天下之义。是以天下治。(《中》)

上之所是必皆是之，上之所非必皆非之。"上同而下不比，此上之所赏，而下之所誉也。下比而不上同，此上之所罚，而下之所毁也。"此极端之专制，今是非皆同于上，而后天下无异义。无异义则无私。无私则无害人利己之为，而各安其分，互相助益，天下胥臻于"大同"之世。此墨子理想中之尚同社会也。

至于是非之应否上同，与能否上同，墨子于此点似未尝明言。揣墨子之意，以为吾所谓"政长"皆贤可者。政长而贤，不从于贤，将谁从耶？从贤则有利，不从贤则有害。上而贤，不同于上，将谁同耶？然小同之利，不若大同。则上同于家不若上同于乡，上同于乡又不若上同于国，上同于国又不若上同于天下。故推其极，而言上同于天子。至于能不能，又当视辅佐天子者之一切王公诸侯里长，是否尽贤。若尽贤，能随时考察百姓之异义者而纠正之，同义者而劝奖之，未有不能上同于天子者也。盖墨子之心目中，固未有能不能之问题，只有应不应之问题。既应矣，当然能。《鲁问》篇所谓"未有善而不可用者"，即无异说"应为者皆能为者也"。此诚墨家之根本精神也。

"应为者皆能为者"一语，具有甚深妙义，非漫为高论也。

盖应为者，乃人心之所同然者也。同然者，同务成之。不应为者，乃人心之所同恶者也。同恶者，同务去之。社会事业之能不能，视乎人心之同善与同恶。同善者，无不成，同恶者无不败。虽其事业有大小之分，力量有难易之判，人材有智愚之殊，要其终之成败，未有不循此途径以决者也。故曰："应为者即能为者""未有善而不可用者"也。墨子关于此点，亦尝设为问答之辞以解释之。其词云：

> 方今之时，天下之政长，犹未废乎天下也。而天下之所以乱者，何故之以也。

意谓当今天下未尝无政长，何以不能同一天下之义，而使天下乱？墨子答案，则以为此乃政长不用"同"而用"私"所致。故曰：

> 古者上帝鬼神之建国都立政长也，非高其爵厚其禄富贵佚而错之也，将以为万民兴利除害富贫众寡安危治乱也。故古者圣王之为政若此。今王公大人之为刑政则与此异。政以为便譬。宗于父兄故旧，以为左右，置以为政长。民知上置政长之非以治民也，是以皆比周隐匿而莫肯上同其上。是故上下不同义。苟若上下不同义，赏誉不足以劝善，刑罚不足以沮暴。

> 昔者圣王之制为五刑,以制天下。逮至有苗之世,制五刑以乱天下。则此岂刑不善哉,用刑则不善也。

又喻之曰:

> 唯口出好兴戎,此言善用口者出好,不善用口者兴戎。此岂口之不善哉,用口则不善也。

此言政长之设,原为"尚同"之故。而其不能尚同者,乃政长"不尚同"之过。政长将如何"上同"耶?曰:

> 上同于天。
> 百姓既上同于天子,而未上同乎天,则天灾将犹未止也。(《中》)
> 寒热不节,雪霜雨露不时,五谷不熟,六畜不遂,疾灾戾疫,飘风苦雨,荐臻而至者,此天之降罚也。将以罚下人之不尚同乎天者也。(同上)
> 天鬼之所深厚而能强从事焉,则天鬼之福可得也。

天者,墨子所认为最高之同也。百姓上同于天子,天子上同于天,则天下莫不同矣。

天之意若何?曰:

兼爱天下之人，兼利天下之人。

因为天有最高赏罚权而且代表全民利益，故一方面天子能上同乎天者，天助之。人民纵不畏天子之赏罚，未有不畏天之赏罚者也。天子耳目纵有不及，天之耳目未有不及者也。

一方面人民有不上同于天子者，人助之。盖人民未有不同然于除害兴利者也。天子能奉天志为人民兴利除害，则人民助之耳目视听。故曰：

古者圣王审以尚同以为政长，是故上下情请（诚）为通。上有隐事遗利，下得而利之；下有蓄怨积害，上得而除之。是以数千万里之外，有为善者，其室人未遍知，乡里未遍闻，天子得而赏之。数千万里之外，有为不善者，其室人未遍知，乡里未遍闻，天子得而罚之。是以举天下之人，皆恐惧振动惕栗，不敢为淫暴。曰，天子之视听也神。先王之言曰，非神也，夫唯使人之耳目助己视听，使人之吻助己言谈，使人之心助己思虑，使人之股肱助己动作。助之视听者众，则其所闻见者远矣。助之言谈者众，则其德音之所抚循者博矣。助之思虑者众，则其谈谋度速得矣。助之动作者众，即举其事连成。故古者圣人之所以济世事成功垂名于后世者，无他故焉，唯能以尚同为政者也。

又曰：

  凡使民尚同者，爱民不疾，民无可使。曰，必疾爱而使之，致信而致之，富贵以道其前，明法以率其后。为政若此，虽欲不与我同，将不可得也。（《下》）

墨子之"上同于天"，非单纯的"天志"主义，以天之祸福，忻惧人君而已。于天志之外，隐立一"人"志主义焉。其言尚同，天人并举。

  是故上者，天鬼有厚乎其为政长也，下者万民有便利乎其为政长也。……天鬼之福可得也，万民之利可享也……唯以尚同为政。

今试列一式以明上同之阶段：

| 天←天子←诸侯←里长←家长←百姓万民← |

天子上同于天，天又下同于民。则是墨子之尚同，乃以民意为最高之同也。吾故曰，墨子之天志主义，即人志主义。与其言"上同"，吾宁谓之"下同"。

以至高至同之天，下侪于至低至异之民，此其为说，宁非矛盾。虽然，是有辨。前之所谓民者，乃指人民之"各有性"也。今兹所谓民者，乃指人民之"通有性"也。各有性，以自私自利为出发点。所谓各是其是而非其非者是也。通有性，以爱人利人为出发点。所谓人类之公是公非者是也。二者同源而异流，常因机遇而互有隐显。当世之治也，则公是公非者，而私是私非暂伏而不用。及其乱也，则私是私非流行互相訾訾，而公是公非亦隐而不显。墨子之所谓民意者，乃指此公是公非而言。在上者常依据此公是公非以为施政标准，未有不能同一天下之义者。故曰："上同于天，即下同于民。"

又墨子尚同之治，非仅下同于民已也。于同下之外，又喜在下者言在上者之过失以期集思广益。闻过求谏，亦一要义也。曰：

> 己有善则傍荐之，上有过则规谏之。尚同其义，而毋有下比之心。上得则赏之，万民闻则鉴之。
>
> 己有善不能傍荐之，上有过不能规谏之，下比而非其上者，上得则诛之，万民闻则毁之。

虽重在得下之是非，亦不恶闻上之过失也。此墨子"上同"之治，与后世"忠谏者谓之谤诽，极论者谓之妖言"之"亡秦政治"异趣之点。

综观墨子尚同之说,其要义可得言者,一曰"选贤",二曰"尊天",三曰"爱民",四曰"纳谏"。四者一贯之治,违其一而上同之治不可得成。

次而当论者,即上同果为政之极轨耶?曰,否。上同,救弊之良药,非为政之极轨也。大兵大役大骚扰之际,偶一用之,过则止,持大同,存小异,斯可矣。古者,民始生之时,山隔川阻,州殊部别。有宗教之判,而信仰之是非异焉。有资生之宜,而身受之利害异焉。故焚毁异教之信徒,在彼宗认为残酷,而此宗方推为圣人。杀戮他族之人民,在彼族认为盗贼,而此族群呼以英豪。以至鄙至忍之行,而蒙乃神乃圣之称,此无他,亦各欲同其同耳。是以墨子不忍而欲以"大同"救之。谓家之同不若乡之同,乡之同不若邑之同,邑之同不若国之同,国之同不若天下之同。天下之同,犹未足也,以为必相率而上同于天。是墨子者亦以同救同耳。其所以别于"人异义"者,曰唯"上"之故。然所谓上者,非神而人也。人与人其何以相远。藉曰唯贤,安知不各贤其所谓贤,则上之所谓贤者,未必贤也。若曰唯天,亦各天其所天,则上之所谓天者,未必天也。贤固主观之认取,天亦空洞之拟议。若曰唯民,民至众也,至颐也,从其一而违其二,协于此而戾于彼也。若曰从众,众亦未必是也。盖众者可以势合,以利诱,以威劫者也。若是而从众,其与从暴几何。若曰从真正之众矣,其如蔑寡何也。若又曰唯上之所谓民意者而代决策焉,则上之所谓民意者，未必果民意也。如是六者皆不足取，则所谓"上同"者不愈启专制之口实哉。且民性刚柔异宜，国俗文野殊风。范天下于一炉，而曰"必上之同"，整齐划一，势必缚束之，驰骤之，构造之，支配之，使若牛马机械然。如是，则又非严刑重罚不办。既严刑重罚矣，又必惴惴然日恐其群下之比周而蒙蔽也，又恐其人民之隐匿遁法而是非不上闻也，于是又必多设耳目以为探伺。是则"重刑罚"而"密探侦"，如煅者之有两钳，乃上同必至之结果。何则？刑不重则法不行，探不密则奸不发。刑重探密，而人民乃始屏足而立，侧耳而听矣。缄口不言，道路以目。天下熬然，如焦如烧。此非人情之所能耐，而其势必至于乱。当尔之时，在上者又必以其尚同为未至。而左右权佞，又必蒙蔽之，怂恿之，以逃责难而争功利。倘有以不便为言者，势必藉不肯上同而故为立异之罪以罪之。于是上同者，其名也；下乱者，其实也。上同于天子者，其名也；分同于左右者，其实也。分则不能不争，争则不能不乱。未能以"上同一义"先一乎下，而反以"下同分争"先乱于上。此嬴秦之所以亡，而商君韩非之所以至死不悟也。然则欲兴天下之利，而除天下之害，又奚必上同一义而后可哉。故一人一义，十人十义，百人百义，千人千义，诚足以乱天下矣。而趋天下于一涂，铸人类于一型，未始不乱天下也。荀子有言："斩而齐，枉而顺，不同而一。"庄子曰："不齐之齐，齐之不齐，斯乃所以为大齐也。"此则言上同者，所不可不知之又一义也。

再次而当论者，上同与下比，往往为政治中起伏之两潮，宜如何压抑之使销灭，或调和之使齐一乎？曰是不能，亦不必。政治之有异议也，自有人类以来非一世也，所从来者远矣。人异教，家异学，土异宜，国异俗，其不必同者势也，非可强而同之也。以一人之智计，牢笼天下，而曰"必我之同"，非矫则诬。矫诬之同，国何赖焉？善为同者，"选贤""尊天""爱民""从谏"，而加之以"存异"，则民自不下比。即令下比，亦无所害。否则上同与下比，迭为政潮，则上下不同义。上之所非，下必是之。上之所是，下必非之。上之为力也孤，下之为助也众。以孤力敌众助，其势常不胜。于是在上者不胜其愤，又必重赏罚以御之，严党锢以禁之。（《庄子·田子方》篇："列士坏植散群，则上同矣。"坏植散群，谓破党也。凡言尚同者，必破党，然激者为之，党破而国亦亡矣，汉唐宋明之末造是也。）然上之所赏，下之所辱，上之所罚，下之所荣。荣辱取舍，与上相反，则尚同之术乃穷，而有政府复反于无政府之世，而天下大乱矣。（范滂就狱，其母不哭，曰吾儿与李杜齐名，死无恨矣。皇甫规自以为西州豪士，耻不与党锢，上书自请。明之东林，以受廷杖为荣。其后有自称廷杖生者，可想见下比而不上同之状。政象若此，则君为寄君，臣为具臣，政令茫如捕风，去大乱只旦夕间事。）墨子曰：

上唯无立而为政乎国家为民正长，曰，人可赏，吾将赏之。若苟上下不同义，上之所赏，则众之所非。曰，人众与处，与众得非。则是使得上之赏，未足以劝。上唯无立而为政乎国家为民正长，曰，人可罚，吾将罚之。若苟上下不同义，上之所罚，则众之所誉。曰，人众与处，与众得誉。则是使得上之罚，未足以沮。若立而为政乎国家为民正长，赏誉不足以劝善，而刑罚不足以威暴，则是不与乡吾所本言民始生未有正长之时同乎？若有正长与无正长之时同，则此非所以一众治民之道。

此言不善为同者，至于上下不同义，则尚同之术穷。朝与野争治，官与士争途，政与教争名。"上同""下比"，迭为两潮。激而为一人一事之波荡，漫而成全国全民之覆溺，祸乃更大。善夫荀子之言曰："拒谏饰非，愚而上同，国必祸。"专己自恣，余智余雄，箝天下之口，锢万民之心，而曰"吾上同为政"。适见其愚而已矣，未见其能同也。悲夫！

尚贤

第四章

墨子论治,"尚同"与"尚贤"并重。尚同者,天下为公也。尚贤者,选贤与能也。尚同为政治之最高目标,尚贤为政治之最良手段。盖欲达到"天下为一家,中国为一人"之最好政治,必以选贤使能、不私不党为之途径。故《尚同》篇有云:

> 古之建国都立政长也,非高其爵厚其禄富贵佚而错之也,将以为万民兴利除害也,富贫众寡安危治乱。今之置政长者与此异。以为便辟,宗于父兄故旧,以为左右,置以为政长。民知上之置政长非以治民也,是以皆比周隐匿而莫肯尚同其上。

不选贤能而唯便辟父兄故旧左右之是用,则尚同之治不可得成。是尚同为政治之最高原则,而尚贤又尚同之最捷最坦之途径也。故曰：

　　尚贤为政之本。

又曰："古者王公大人为政于国家者，皆欲国家之富，人民之众，刑政之治，然而不得富而得贫，不得众而得寡，不得治而得乱，是何故也？曰，不能以尚贤使能为政也。"直点出为政者所企图之目的，非"尚贤"不能达到。

当墨子之世，中国政治学者有最早流传之神权说，及当时新发生之君权民权说。斯三说者鼎峙对抗，递胜一时。而墨子则主张天志，固神权说之拥护者也。但《尚同》篇则又处处以上同于"政长"为言，上同于乡，不若上同于国，上同于国，又不若上同于天子。是非意志，随上所向，是又主君权说者。其君权神权，皆以下同于民为依归。天视民视，天听民听，"人君者先万民之身"，后为其身，是君权神权，又不及民权也。墨子论政，恒折衷于三权之间，一面维持神权，一面提倡君权，一面又顾虑民权。三者并重，若循环然，而融会之为一。其行使各种政权也，神权君权民权，胥退处于无用之地，均"不得恣己而为政"，唯贤者乃可以从事。是虽以政权属神属君属民，而实际则以属诸贤者。此革新之政治论，亦可谓之为"尚贤政治"。

墨子之政治论，既以尚贤为为政之本，所谓贤者，作何解释，此亦研究墨子尚贤论所亟欲明者。兹检《尚贤》篇有云："原乎德行，辨乎言谈，博乎道术，固国之珍，而社稷之佐也。"是墨子所谓贤者，包"道德""才能""辨智"三者而言，与乎纯重道德及偏注才能者，固有异。

政治以得贤而理，斯固千古不易之良规。然得一贤遂足以为治，其他不必皆贤可乎。或者曰："人主劳于求人，逸于任人。"在上者不必皆贤，唯能求在下者之贤可尔，此后世尚贤论之一派也。如所举齐桓公管仲辅之而霸，易牙佐之而乱，是其例。或者曰："大臣法，小臣廉，正身以正朝廷，正百官以正万民。"在下不必皆贤，唯在上者之贤，斯从风而化尔，此尚贤论之又一派也。如所举汤武在上而桀纣之民仁，桀纣在上而殷夏之臣贪，是其例。斯二说者，各有偏至之理，而要皆不如墨子所举"众贤"之为允当。得贤则治，失贤则乱，贤众治众，贤寡治寡。墨子之言曰：

> 贤良之士众，则国之治众。贤良之士寡，则国之治寡。故大人之务，在于"众贤"而已。

"众贤"二字，为墨子特别提出之贤治准绳。贤之与治，其众寡有无，适成正比。验之历史，昭昭不爽。一王安石当国，而新法尽成秕政。一诸葛亮出师，而王业仅得偏安。何则？其所共事之贤少也。是以诸葛亮鞠躬尽瘁，死而无补。王安石罢政归隐,始叹惠卿误我。至于屈原投江,贾生痛哭,明季盗贼犯阙,思宗有"诸臣尽皆可杀"之语,尤为千古至痛。嗟乎,无贤不足以为治,贤寡不足以为治,贤不寡而互为雠仇,相敌相消尤不足以为治而必至于乱。有志治国者,曷一思"众贤"之义乎。

众贤固足以为治矣,然必如何而后能"众贤"。墨子曰:"譬若欲众其国善射御之士者,必将富之贵之敬之誉之,然后善射御之士乃可得而众也。"然则欲得众贤者,亦为"尚之"而已。尚之义如何?曰:

(一)屏去亲贵近三者,专以贤为登进之门。

> 古者圣王之为政,不义不富,不义不贵,不义不亲,不义不近。是以国之富贵人闻之,皆退而谋曰,始我所恃者富贵也,今上举义不辟贫贱,然则我不可不为义。亲者闻之,亦退而谋曰,始我所恃者亲也,今上举义不辟疏,然则我不可不为义。近者闻之,亦退而谋曰,始我所恃者近也,今上举义不辟远,然则我不可不为义。远者闻之,亦退而谋曰,我始以远为无恃,今上举义不辟远,然则我不可不为义。逮至远鄙郊外之臣,门庭庶子,国中之众,四鄙之萌人闻之,皆竞为义。是其故何也?曰,上之所以使下者,一物也;下之所以事上者,一术也。譬之富者有高墙深宫,墙立既谨,上为凿一门,有盗人入,阖其自入而求之,盗其无自出。是

其何也,则上得要也。

(二) 高予之爵,重予之禄,断予之令。

　　爵位不高,则民弗敬。蓄禄不厚,则民不信。政令不断,则民不畏。举三者受之贤者:非为贤赐也,欲其事之成。故当时以德就列,以官服事,以劳殿赏,量功而分禄,故官无常贵,而民无终贱。有能则举之,无能则下之。举公义,辟私怨,此若言之谓也。

爵禄令三者为所以尚贤之具,欲完成贤治,三者缺一不可。与之爵而不予以禄,与之禄而不予以令,名为尚贤,而实则羁縻之而已,决不能得贤者之用。故墨子又申其义曰:

　　今王公大人亦欲效人以尚贤使能为政,高予之爵而禄不从也。夫高爵而无禄,民不信也,曰,此非忠实爱我也,假籍而用我也。夫假籍之民,岂能亲其上哉。故先王言曰,贪于政者不能分人以事,厚于货者不能分人以禄。事则不与,禄则不分,请问天下之贤人,将何自至乎王公大人之侧哉?

当墨子之世,封建制度,已呈破裂之痕。官失其守,学在民间。一方面国家政务繁殷,有求贤待理之势。一方面民智日开，有自我为政之想。在上之执政者既需求贤以自辅，在下之为贤者亦求得政以自效，上下相需，而"尚贤"政治乃成，故尚贤为当日一种有力学说。其后诸子迭兴，国势日棘，燕昭拥篲，梁王郊迎，下至王公贵人，莫不以得贤为务，盖贵族既失其地位而平民将起而代之，理也，亦势也。

于此有当注意者，中国古代政治，"亲亲""贵贵""尊贤"三者迭为禅递，当墨子世，正亲亲退而贵贵进之时也。贵贵则民常尊，而官有世业。有常尊则其民志定而不摇，有世业则其官守固而不替。官守固，民志定，二者虽非为政之极致，亦救时之良规。墨子有见于此，故虽主尚贤而仍不废贵贵之义。其言曰，以"贵且智者为政乎，愚且贱者则治，愚且贱者为政乎，贵且智者则乱"，调和于"贵之势"与"智之能"之间，而为平民政治接收贵族政治过度间一和平辨法。其言不仅含有至理，实具妙用。盖所谓"贵且智者"即贤者在位之意，"愚且贱者"即不肖者在下之意。古今论治理者虽多，然大要有二：一曰"势治"，贵治贱是也。一曰"理治"，智治愚是也。贵之治贱，虽不必治，然其势足以为治。智之治愚，虽无不治，然不得势则亦不可得而治。必也，贵者有智，智者得贵，则势与理合，而天下乃可以望治矣。墨子之言即适用此理与势二者调和之治也。

继此而当述者，既知墨子尚贤之义，又知何者谓之贤矣。乃有号为贤者，用之此而效，用之彼而不效，或小试之而效，大任之而不效，此其故何也？曰是又在知"贤之量"与"贤之质"

之分。今引墨子言别之如下：

（一）贤之量。"不能治百人者，使处乎千人之官，则不能治。不能治千人者，使处乎万人之官，则不能治。"使各如其量斯可矣。子墨子曰：

> 夫不能治千人者，使处乎万人之官，则此官什倍也。夫治之法将日至者也。日以治之，日不什修。知以治之，知不什益。而予官什倍，则此治一而弃其九矣。虽日夜相接以治若官，官犹若不治。

此言才能有限，才足以负十石者，与之十石，则趋而走，与之百石，则必踬蹶而仆矣。有大贤小贤之辨，此尚贤所不可不知者，一也。

（二）贤之质。治缝者不能使锻，治书者不能使走。此言人各有能有不能。适之则各得其宜，反之则两伤其美。是故子墨子曰：

> 今王公大人有一牛羊之财不能杀，必索良宰。有一衣裳之财不能制，必索良工。当王公大人之于此也，虽有骨肉之亲，无故富贵，面目美好者，实不知其不能也，不使之也。是何故，恐其败财也。当王公大人之于此也，则不失尚贤而使能。王公大人有一罢马不能治，必索良医。有一危弓不能

张，必索良工。当王公大人之于此也，虽有骨肉之亲，无故富贵，面目美好者，实不知其不能也，必不使。是何故，恐其败财也。当王公大人之于此也，则不失尚贤而使能。逮至其国家则不然。王公大人骨肉之亲，无故富贵，面目美好者，则举之。则王公大人之亲其国家也，不若亲其一危弓罢马衣裳牛羊之财与。我以此知天下之士君子，皆明于小而不明于大也。此譬犹喑者而使为行人，聋者而使为乐师。

此言才能各别。聋者不可使为行人，喑者不能使为乐师。人各有长短，不能用违其材。此尚贤不可不知者二也。

尝考诸子书中言"尚贤"者，以墨儒两家为主。而反对之者，则以道法两家为最盛。道家之言曰："不尚贤，使民不争。"又曰："举贤则民相轧，任智则民相盗。……大乱之本，必生于尧桀之间，其末在千世之后。千世之后，其必有人与相食者。"（《庚桑楚》）又曰："夫尧知贤之治天下也，而不知其乱天下也。夫唯外乎贤者知之。"（《庄子》）道家以尚贤为大乱之本。举尧舜则下有之哙矣，颂汤武则下有操莽矣。尊孔孟则伪学兴，贤陈项则流寇起。故曰："大乱之本，必生于尧桀之间。"甚矣，尚贤之为奸人之嚆矢也。虽然，道家知尚贤之有害也，而不知不尚贤之为害更大也。彼"至治之治，邻国相望，鸡犬相闻，人至老死不相往来，民各甘其食，美其服，乐其居"，此已成为过去之华胥。人生而不能无群，群而不能无政，有群有政而无治理之者则乱。老子既不尚贤，试问将何以处此。于是慎子为之说曰："投钩数策，可以不争"，"块不失道，无用圣贤"。盖以人为有知者，而块为无知者。以无知之土块钩策，代有知之豪杰圣贤，则恩怨俱无，而功罪不任。此不尚贤而能无争之说也。庄子评之曰："謑髁无任，而笑天下之尚贤也。"谓其以"无责任之政治"，而非笑下之"尚贤政治"也。然慎子之说以土块代圣贤，仅能云争而已，未足以为治也。于是韩非本其说而为"尚法"之治，《难势》篇假设"法治"与"贤治"之辨，其言甚精，兹全录之以结吾论：

　　慎子曰，飞龙乘云，腾蛇游雾，云罢雾霁，而龙蛇与蚓蚁同矣。何则？失其所乘也。贤人而诎于不肖者，则权轻位卑也。不肖而能服于贤者，则权重位尊也。尧为匹夫，不能治三人。而桀为天子，能乱天下。吾以此知势位之足恃，而贤智之不足慕也。夫弩弱而矢高者，激于风也。身不肖而令行者，得助于众也。尧教于隶属而民不听，至于南面而王天下，令则行，禁则止。由此观之，贤智未足以服众，而势位足以屈贤者也。

　　应慎子曰，飞龙乘云，腾蛇游雾，吾不以龙蛇为不托于云雾之势也。虽然，夫择贤而专任势，足以为治乎？则吾未得见也。夫有云雾之势而能乘游之者，龙蛇之材美也。今云盛而蚓弗能乘也，雾酦而蚁不能游也。夫有盛云酦雾之势而不能乘游者，蚓蚁之材薄也。今桀纣南面而王天下，以天子之威为之云雾，而天下不免乎大乱者，桀纣之材薄也。且其人以尧之势以治天下也，其势何以异桀之势之乱天下者也。夫势者，非能必使贤者用己，而不肖者不用己也。贤者用之则天下治，不肖者用之则天下乱。人之情性，贤者寡而不肖者众，而以威势之利，济乱世之不肖人，则是以势乱天下者多矣，以势治天下者寡矣。夫势者，便治而利乱者也。故《周书》曰："毋为虎傅翼，飞入邑择人而食之。"夫乘不肖人于势，是为虎傅翼也。桀纣为高台深池，以尽民力，为炮烙以伤民性。桀纣得乘四行者，南面之威为之翼也。使桀纣为匹夫，未始行一而身在刑戮矣。势者，养虎狼之心，而成暴乱之事者也。此天下之大患也。势之于治乱，本末有位也。而语专言势之足以治天下者，则其智之所至者浅矣。夫良马固车，使臧获御之则为人笑，王良御之而日取千里。车马非异也，或至乎千里，或为人笑，则巧拙相去远矣。今以国位为车，以势为马，以号令为辔，以刑罚为鞭策，使尧舜御之则天下治，桀纣御之则天下乱，则贤不肖相去远矣。夫欲追速致远，不知任王良。欲进利除害，不知任贤能。此则不知类之患也。夫尧舜，亦治民之王良也。

复应之曰，其人以势为足恃以治官，客曰"必待贤乃治"，则不然矣。夫势者，名一而变无数者也。势必于自然，则无为言于势矣。吾所为言势者,言人之所设也。夫圣舜生而在上位,虽有十桀纣不能乱者,则势治也。桀纣亦生而在上位,虽有十尧舜而亦不能治者,则势乱也。故曰,势治者则不可乱,而势乱者则不可治也。此自然之势也,非人之所得设也。若吾所言,谓人之所得设势也而已矣,贤何事焉?何以明其然也?客曰,人有鬻矛与盾者。誉其盾之坚,物莫能陷也。俄而又誉其予曰,吾矛之利,物无不陷也。人应之曰,以子之矛,陷子之盾,何如?其人弗能应也。以为不可陷之盾,与无不陷之矛,为名不可两立也。夫贤之为势不可禁,而势之为道也无不禁。以不可禁之贤与无不禁之势,此矛盾之说也。夫贤智势之不相容亦明矣。且夫尧舜桀纣千世而一出,是比肩随踵而生也。世之治者不绝于中。吾所以为言势者,中也。中者上不及尧舜,而下亦不为桀纣。抱法处势则治,背法去势则乱。今废势背法而待尧舜,尧舜至乃治,是千世乱而一治也。抱法处而待桀纣,桀纣至乃乱,是千世治而一乱也。且夫治千而乱一,治一而乱千也,是犹乘骥駬而分驰也,相去亦远矣。夫弃隐栝之法,去度量之数,使奚仲为车,不使成一轮。无庆赏之劝,刑罚之威,释势委法,尧舜户说而人辨之不能治三家。夫势之足用亦明矣。而曰必待贤,则不然矣。且夫百日不食以待粱肉,饿者不活。今待尧舜之贤,乃治当世之民,是犹待粱肉而救饿之说也。夫曰良马固车,臧获御之则为人笑,王良御之则日取乎千里，吾不以为然。夫待越人之善海游者以救中国之溺人，越人善游矣，而溺者不济矣。夫待古人王良以驭今之马，亦犹越人救溺之说也，不可亦明矣。夫良马固车五十里而一置，使中手御之，追速致远，可以及也，而千里可日致也，何必待古之王良乎？且御非使王良也，则必使臧获败之。治非使尧舜也，则必使桀纣乱之。此味非饴蜜也，必苦莱亭历也。此则积辩累辞离理失术两未之议也。奚可以难夫道理之言乎哉，客议未及此论也。

此为中国古代论"贤治""法治"最精美之文，其言贤不如法，尤矣。"良马固车，五十里而一置，使中手御之，追速致远，可致千里，何必待古之王良乎？"今之言法治者大率类此。虽然，今之法，犹古之法也。使法可以为治，不必待人，则古法之善者，宜无不治，虽至今存可也，何治乱废兴之更迭不已耶，亦无曰法久而弊生之。人创法，人守法，人坏法。法虽善其如人之不守何也，法已弊其如人之不能创何也？然则创法守法坏法者人也，法则无知之物而已矣。子思有云："其人存则其政举，其人亡则其政息。"荀子曰："有治人，无治法。"法与人相待为治，而人尤法治之主脑也。"良马固车，五十里一置，使中手御之，可致千里"，然人之不善，则车殆马烦，或不及三十里而蹶，或过百里而不休，则法之效能有不可睹者。是以韩非"法治"之言，足补"人治"之缺，而未足破"尚贤"之论也。

第五章 天志

　　一切恶德起于"别异"。墨子既以兼爱统一天下之"别异"矣，不知此相为别异者，为从性分中来乎，抑非耶？若从性分中来，则虽集人为家，集家成国，集国而为天下，"别异"仍不可去。此为之家长，为之国君，为之天下主者，非"神"而"人"也。人既生而有私，则家长不爱其家之子弟而自爱，国君不爱其国之臣民而自爱，天子不爱其天下之人而自爱，此皆势之所必至。若不从性分中来，则人民始生未有刑政之时，即应不发生刑政。以其民自不争，何苦造成国家以自束缚，而互相牵制，互相监督，以为赏罚之纷纷乎。是知民始生之时，便多异义，不能自同，故互相争夺，如禽兽然。惴惴焉，弱者，愚者，寡者，不得自安其生，而造成一强者智者众者之团体，并以"强而智且众"之人为之长。此初民之所有事，而《尚同》篇之所明也。人具凶德，伊谁裁制？于是人人以对自然界恐惧疑惑之故，而生宗教上之感情焉。其感维何，曰天曰鬼。

于有人类外而造一"拟人"之天鬼，以司人世间善恶，而为意志之裁判者，此初民状态所同也。中国古代，亦何不然？其见于《诗》《书》者，如"皇矣上帝，临下有赫，监观四方，求民之瘼"，此言天也。"望于山川，祭于百神"，此言神也。"文王陟降，在帝左右"，此言鬼也。天神鬼为灵界之三级。天，为超人的灵。鬼，为人化的灵。而神，则或为天，或超人无定。要之，三灵皆以人类所有事为职司，并与人类同其组织。（非于人外另一世界而自为存在者。）此佛教未入前，中国固有之宗教也。今请先言天。

天，即天帝也。或称上帝，或称帝，为一切之宰，物物而不物于物。据《墨子》析之：

（一）天为最初创造者。《天志》云："毫发之末无非天之所为也。……"又曰："历为日月星辰以昭道之，制为四时春夏秋冬以纲纪之，雷降雪霜雨露以长遂五谷麻丝，列为山川谿谷播赋百事。"此与耶教言"上帝创造万物"同。

（二）天为最尊贵者。《天志中》云："天子者，天下之穷（至也）贵也。……天子为善，天能赏之。天子为恶，天能罚之。吾以知天之贵于天子也。"又曰："孰为贵，天为贵。"

（三）天为最聪明者。《天志上》云："孰为知，天为知。"又引先王之书曰："明哲为天，君临下土。"

（四）天为公平正直者。

（五）天为最普遍者。"得罪家长，犹有邻家逃避。得罪国君，犹有邻国逃避。得罪于天，无所逃避。……夫天不可为幽谷溪涧无人，明必见之。"

（六）天为最有威权者。"天子为善，天能赏之。天子为恶，天能罚之。"《尚同》云："寒暑不时，六畜不遂，此天之降罚于民者也。"

天唯具有种种之德，故能为万物之宰，为最高之同。然天亦不得恣己而为政，有万民政之。天之于民，恰如父母之于爱子。爱子所欲，父母必从之。民之所欲，天必从之。故父母之为，皆为子也，天之所为，皆为民也，而墨子于此，有一特别之信念曰：

　　天之独厚于民。

意若天之种种创造，皆为人民而设。故曰：

　　天之爱民厚矣。历为日月星辰以昭道之，制为四时春夏秋冬以纲纪之，雷降雪霜雨露以长遂五谷麻丝，列为山川豀谷以播赋百事。

又曰：

兼天下而爱之,檄万物而利之。若毫之末,无非天之所为也。

墨子言天道与人生,颇近乐观。以天道为有知,谓人生为可贵,歌颂天德,赞美人世。此说之长,在能利用万物以厚民生。而于开物成务,制器利用,尚焉。其弊也,则中于祈祷,冀天庥而不尽人事焉。故荀子破之曰:"大天而颂之,孰与制天而用之。"此墨家百余年后"天论"之反动也。

第六章 明鬼

墨子言鬼，界说颇不分明。有人鬼，有山川之鬼，今分以鬼神二名名之。（以人之灵属于鬼，山川百物之灵属于神。）墨子以为鬼神二灵，皆能作祸福于人间，而助天行志。有威权，能监察，亦公直，明于人，尊于民。与天德较，可谓具体而微，唯不能创造耳。

故鬼神之明，不可为幽涧广泽山林深谷，鬼神之明必知之。鬼神之罚，不可为富贵众强勇力武坚甲利兵，鬼神必罚之。（《明鬼》）

巫马子谓子墨子曰："鬼神孰与圣人明智？"子墨子曰："鬼神之明，智于圣人，犹聪耳明目之与聋瞽也。"（《耕柱》）

鬼神之有，在初民时代，几于人人相信，为不成问题之一。唯一入开明时期，则怀疑论起。而缘于鬼神所成立之种种信仰条件，亦生动摇。此事关系民德升降最钜。故凡欲维持初民道德者，往往必维持此初民之信仰。墨子曰：

> 昔三代圣王既没，天下失义，诸侯力正（同征）。是以存乎为人：君臣上下之不忠惠也，父子兄弟之不慈孝弟长贞良也，政长之不强于听治，庶人之不强于从事也，民之为淫暴寇乱盗贼以兵刀火水毒荼迳无罪人乎道路率径，夺人衣裘车马以自利者，并作由此始，是以天下乱。此其故何以然也？则皆以疑惑鬼神之有与无之别，不明乎鬼神之能赏贤而罚暴也。今若使天下之人皆信鬼神之能赏贤而罚暴也，夫天下岂有乱哉！

于是子墨子提出有鬼论，其论式如下：

（一）下原察百姓众人之耳目。皆尝闻鬼神之声，见鬼神之形。

（二）上考之古者圣王之事。皆以鬼神为有，且能赏善罚暴。

（三）发为刑政观其百姓万民之利。信有鬼，则人为善而天下治。疑有鬼，则人为暴而天下乱。

上即墨子从"三表法"上建立之有鬼论也。此三表法之价值，当于"方法篇"另述之。而其用此法是否能证明有鬼，乃另一问题。然墨子立论之意，在为天下兴利除害，有利则行，有害则止。明鬼说，固墨子所视为有利而无害者也。是以墨子答人论祀鬼云：

> 若使鬼神诚有，是得其父母姒兄而饮食之也。岂非厚利哉！若使鬼神诚亡，是乃费所为酒醴粢盛之财耳。非夫费之物，特注之污壑而弃之也。……虽使鬼神诚无，此犹可以合欢聚众，取亲于乡里。……今王公大人士君子中实欲兴天下之利，除天下之害，当若神鬼之有也，将不可不尊明也。

墨子以为鬼神之事，彰彰在人耳目。虽不能建立为有，亦不能遮拨为无。诚使有之而无害，即亦不妨有之。《墨经下》曰："可无也，有之而不可去，说在尝然。"《说》曰："无，可无也。已然则尝然，不可无也。"天下事，理之所可有，事之所绝无，不妨存其理而征其事。理之所可无，事之所曾有，不妨存其事而究其理。盖理者，事之所积也。事者，理之所出也。往往有不经之事，而未来之至理寓焉。有公认之理，而特殊之事例破焉。故"无，可无也。已然则尝然，不可无也"。鬼神之事，著于载籍，彰于耳目，通古今，达中外，无智愚贤不肖，固尝有此类感触。虽其理不可说，而其事则尝有，安得一概抹杀之曰："迷信哉，迷信哉。"（说者以为科学家之墨子，不应言有鬼。不知唯其是科学家之墨子，所以不敢言无鬼也。）

老子曰："有道之世，其鬼不神。"庄子曰："有以相应也，若之何其无鬼也。无以相应也，何之若其有鬼也。"若是，则道家对于鬼神亦持怀疑之态，而未敢遽断为无也。

继此而当知者，墨子以前学者，虽有"疑鬼"之论，而无"问天"之篇。孔子曰："未能事人，焉能事鬼。未知生，焉知死。"盖以鬼事即人事，死理即生理。吾辈今日，"人"尔"人"尔，但当事人而已，鬼事非所问也。又曰："吾欲言死者有知也，恐孝子顺孙弃不养也。吾欲言死者无知也，恐孝子顺孙弃不葬也。"有知无知，皆从人事立论。对于死者，则疑而不断。然一言及天，则毅然判断曰："获罪于天，无所祷也。"至临危殆，则曰："天生德于予，桓魋其如予何？"又曰："天之未丧斯文也，匡人其如予何？"又曰："知我者，其天乎？"颜渊死，曰："天丧予，天丧予。"子见南子，子路不悦，曰："余所否者，天厌之，天厌之。"呼天以自托，其信仰之态不亚于宗教家。可见墨子以前，无贵贱无智愚无上下，皆一仰承天之威权。鬼之有无，虽尚可以怀疑；而天之有无，则决不容其非难者也，此墨家天鬼论。所以于鬼神，有"有无"之辨；而于天，则但征其意志焉。

第七章 节用

天下之乱,生于不足。不足则不爱。不爱则相害相恶之事以起。故曰:

时年岁善,则民仁且良。时年岁凶,则民吝且恶。夫民亦何常之有!

又曰:

国无三年之食者,国非其国也。家无三年之食者,子非其子也。此之谓国备。

管子言:"衣食足而知荣辱,仓库实而知礼节。"与此意同。经济影响于国民道德者,至纤至宏。墨子言爱必兼利,亦此意也。

不足之原因何在？据墨子观察，则以为起于：（一）用之者奢。（二）生之者寡。（三）为之者舒。足之术则在反其道而用之：（一）节用。（二）求众。（三）力时。

（一）何谓节用：不为奢侈，不务观美，不靡于物。凡欲望之为生活所必需者给之，过则止。

墨子分必要之欲望，为六种：（一）衣服。（二）饮食。（三）宫室。（四）舟车。（五）男女。（六）器用。以今语译之，则为衣、食、住、行、男女、器用，六欲而已。此六者，墨子认为生民必要之需，不可一人或缺者也。不可一人或缺，则不能不互相节制以为足用之道。故定为六种节用法。

一曰衣服。"古之民未知为衣服时，衣皮带茭，冬则不轻而温，夏则不轻而清。圣王以为不中人之情，故作诲妇人，治麻，梱布绢，以为民衣。为衣服之法，冬则练帛之中，足以为轻且暖。夏则绤绤之中，足以为轻且清。谨此则止。故圣人之为衣服，适身体和肌肤而足矣。非荣耳目而观愚民也。当是之时，坚车良马，不知贵也。刻镂文彩，不知喜也。何则？其所道之然。故民衣食之财，家足以待旱水凶饥者，何也？得其所以自养之情而不感于外也。是以其民俭而易治，其君用财节而易赡也。……当今之主，其为衣服，则与此异矣。冬则轻暖，夏则轻清。皆已具矣。必厚作敛于百姓，暴夺民食之财，以为锦绣文采靡曼之衣。铸金以为钩，珠玉以为佩。女工作文采，男工作刻镂，以为身服，此非云益煖之情也。单财劳力毕归之于无用也。以此观之，其为衣服，非为身体，皆为观好，是以其民淫僻而难治，其君奢侈而难谏也。夫以奢侈之君，御好淫僻之民，国欲无乱，不可得也。君实欲天下之治而恶其乱，当为衣服不可不节。"

二曰饮食。"古之民未知为饮食时，素食而分处。故圣人作诲男耕稼树艺以为民食。其为食也，足以增气充虚强体适腹而已矣。故其用则节，其自养俭，民富国治。今则不然，厚作敛于百姓，以为美食刍豢蒸炙鱼鳖。大国累百器，小国累十器，食前方丈，目不能遍视，手不能遍操，口不能遍味。冬则冻冰，夏则饰饐。人君为饮食故此，故左右象之。是以富贵者奢侈，孤寡者冻馁。虽欲无乱，不可得也。君实欲天下治而恶其乱，当为饮食不可不节。"

三曰宫室。"古之民未知为宫室时，就陵阜而居，穴而处下润湿伤民，故圣王作为宫室。为宫室之法曰，室高足以辟润湿，边足以圉风寒，上足以待雪霜雨露，宫墙之高足以别男女之礼。谨此则止，凡费财劳力不加利者不为也。役修其城郭，则民劳而不伤。以其常正，收其租税，则民费而不病。民所苦者非此也，苦于厚作敛于百姓。是故圣王作为宫室，便于生，不以为观乐也。……当今之主，其为宫室，则与此异矣。必厚作敛于百姓，暴夺民衣食之财以为宫室台榭曲直之望，青黄刻镂之饰。为宫室若此，故左右皆法象之。是以其财不足以待凶饥，振孤寡，故国贫而民难治也。君实欲天下之治而恶其乱也，当为宫室不可不节。"

四曰舟车。"古之民未知为舟车时，重任不移，远道不至。故圣王作为舟车以便民之事。其为舟车也，全固轻利，可以任重致远。其为用财少而为利多，是以民乐而利之。法令不急而行，民不劳而上足用，故民归之。当今之主，其为舟车与此异矣。全固轻利，皆已具。必厚作敛于百姓，以饰舟车。饰车以文采，饰舟以刻镂。女子废其纺织而修文采，故民寒。男子离其耕稼而修刻镂，故民饥。人君为舟车若此，故左右象之。是以其民饥寒并至，故为奸衺。多则刑罚深，刑罚深则国乱。君实欲天下之治而恶其乱，当为舟车不可不节。"

五曰男女。"凡回于天地之间，包于四海之内，天壤之情，阴阳之和，莫不有也。虽至圣不能更也。何以知其然？圣人有传：天地也，则曰上下。四时也，则曰阴阳。人情也，则曰男女。禽兽也，则曰牡牝雄雌也。直天壤之情，虽有先王不能更也。虽上世至圣，必蓄私。不以伤民，故民无怨。宫无拘女，故天下无寡夫。内无拘女，外无寡夫，故天下之民众。当今之君，其蓄私也，大国拘女累千，小国累百。是以天下之男多寡无妻，女多拘无夫。男女失时，故民少。君实欲民之众而恶其寡，当蓄私不可不节。"

六曰器用。"古者圣人为猛禽狡兽，暴人害民，于是教民以兵行，日带剑，为刺则入，击则断，旁而不折，此剑之利也。甲为衣则轻且利，动则兵且从，此甲之利也。凡天下群百工轮车鞼匏陶冶梓匠使各从事其所能，曰凡足以奉给民用则止。诸加费不加于民利者，圣王弗为。"

观上所述六种欲望，宋子言其一（食），孟子言其二（食、色），老子言其三（衣、食、住），而墨子言其六，则知墨子非禁欲主义者。其提倡节用，乃为满足欲望之一种方法，非谓此为究竟目的也。若其欲望进步，而物力足以供给之，则墨子固未尝禁人享受也。不观墨子著为节用之公例乎？其言曰：

诸加费而不加于民利者，圣王弗为。

若是，则"诸加费而加于民利者，固圣王之所许也"。不过事实上，物力之供给有限，人类之欲望无穷，用之太费，则必有供不应求之势。而且一面虽加增民利，一面即减少民利，其结果必至害余于利。以致进步之一二种欲望，虽暂时满足，而必要之多数欲望，或反形缺乏也。故又定一变例曰：

凡事之利余于害者为之，害余于利者弗为。

盖加费加利，往往生出两种弊害：其一，为一种之欲望太满足，而他种之欲望太缺乏，有害于个人生活之最低限度。其二，为少数人之侈奢欲望太满足，而多数人之必要欲望反缺乏，遂致社会经济困难，酿成大乱。墨子之意，一面要使个人之欲望满足，一面又要使社会欲望满足，故不得已而提倡"互相挹注"之节用论。读者须知墨子之节用，异于老子之俭也。

（二）何谓求众：人类之需要，皆藉力而后成。而工业未发达之国，一切生产，皆恃手工。故众"人"为要图。人众则生产力增，而需要品可以增加。故墨子于节用之中，又提倡"倍人"之义，其言曰：

> 圣人为政一国，一国可倍也。……孰为难倍？唯人难倍。然人可倍也。
>
> 昔者圣王为法曰，丈夫年二十，毋敢不处家。女子年十五，毋敢不事人。此圣王之法也。圣王既没，于民次也，其欲蚤处家者，有所二十年处家，其欲晚处家者，有所四十年处家，以其蚤与其晚相践，后圣王之法十年。若纯三年而字，子生可以二三年矣。此不唯使民蚤处家而可以倍与？

墨子之时，地广人稀，故欲以增加人口，为足用之道，其在今日，地稠人密之国，所忧贫者，恰与墨子相反。盖数量加多，而量质减少，其于节用之旨反悖。此则墨子所不及料，亦时势所需用与缺乏者之不同也。

（三）何谓力时：力时，增加工作时间之谓也。增加时间，与增加劳力无异。二日所成之工，以一日成之，则生产可增倍。三日所作之工,以二日成之,则生产可增半。(《汉书》,民相从夜绩,则一月可得四十五日,即生产增半之说也。)故生产力之效率,以时间增减为比例。墨子曰:

财不足,则反之时。

又曰:

先民以时生财。

又曰:

虽上世圣王,岂能使五谷丰收而水旱不至哉!然而无冻馁之民者何也?力时急而自养俭也。

禹七年水,汤六年旱,此其𦌾凶荒甚矣!然而民不冻馁者何也?其生财密,其用之节也。

墨子足用之策,可大别之为"足人""足财"二事。除"足人"为另一义外,其"足财",则为一面增加生产力,一面减少消耗量。其言曰:"财不足则反之时,食不足则反之用""力时急自养俭""生财密,费用节",皆此义也。

力时急,则生产力加倍。费用俭,则消耗量减半。加倍,则一年有两年之财。减半,则一年余半年之粮。向之仅足者,今则三倍之矣。向之不足半者,今则足而余一矣。故曰:"圣人为政一国,一国可倍也。其倍之也,非外求地也。因其国家去其无用,足以倍之。"此为墨子"节用论"之精义也。至其利害得失,当于下章《非乐》后,详论之。

第八章 节葬

节葬，节用之附属条目也。《七患》篇曰：

乐死，又厚为棺椁，多为衣裘。生时治台榭，死又修墓，故民苦于外，库单于内。上不厌其乐，下不堪其苦。故国离寇敌则伤，民见凶饥则亡，经皆备不具之罪也。

《节用中》曰：

古者圣王制为节葬之法，曰衣三领，足以朽肉。棺三寸，足以朽骸。掘穴深不通于泉流，不发泄则止。死则既葬，生者毋久丧用哀。

可见节葬动机，原为节用而发。节用，儒家之义也，与墨同。节葬，墨家之义也，与儒异。缘儒家治世，有大义二。一曰，礼，以丧为重。二曰，孝，以葬为重。因此儒家对于他事尚可言俭，独一涉及礼所重之丧，与孝所重之葬，则不惜倾天下之财以济之。虽夺民衣食，妨民作业，不顾也。故孟子对于俭与孝与礼之权衡，谓："君子不以天下俭其亲。"俭为公德，孟子亦深知之，唯与孝之私德较，则不能不以私夺公，厚其亲而薄天下。墨家则不然，以为薄于天下，无异于自薄其亲。孝子之为亲度者，宜厚爱天下如爱其亲，其亲安而孝在其中矣。故曰：

> 仁人之为天下度也，无异孝子之为其亲度也。
>
> 圣人不得为子之事，圣人之法死亡亲，为天下也。厚亲，分也。以死亡之，体渴兴利。
>
> 厚葬久丧，实不可以富贫，众寡，安危，理乱。此非仁非义，非孝子之事也。

墨家主"短丧薄葬"，其目的在兼爱天下，所谓"为天下俭其亲"者也。孟子之言盖针对墨家而发。

墨子认厚葬久丧有害于天下五端。一曰，不能富贫。二曰，不能众寡。三曰，不能治乱。四曰，不能禁攻。五曰，不能事天鬼。其说甚繁，今不具引。如：

金玉珠玑比乎身,纶组节约车马藏乎圹。又必多为屋幕鼎鼓几梴壶滥戈剑羽旄齿革寝而埋之满意。天子杀殉,众者数百,寡者数千。将军大夫杀殉,众者数十,寡者数人。

处丧之法哭泣不秩声,缞绖垂涕,处倚庐,寝苫枕块。又相率强不食而为饥,薄衣而为寒,使面目陷䫏,颜色黧黑,耳目不聪明,手足不劲强。扶而能起,杖而能行。以此共三年。

如此不近人情,伤生害理之俗,实有类于蛮习。墨子有一妙喻足为锢俗针砭。其言曰:

昔者越之东有輆沭之国者,其长子生则解而食之,谓之宜弟。其大父死,负其大母而弃之,曰鬼妻不可与居处。此上以为政,下以为俗。为而不已,操而不择,则此岂实仁义之道哉?此所谓便其习而义其俗者也。

楚之南有炎人国者,其亲戚死,朽其肉而弃之,然后埋其骨,乃成为孝子。秦之西,有仪渠之国者,其亲戚死,聚柴薪而焚之,料上谓之登遐,然后成为孝子。此上以为政,下以为俗。为而不已,操而不择,则此岂实仁义之道哉?此所谓便其习而义其俗者也。

若以此若三国者观之,则亦犹薄矣。若以中国之君子观之,则亦犹厚矣。如彼则大厚,如此则大薄。然则葬埋宜有节矣。

墨家所制养生之法,与送死无异。生则节用,死则节葬,其义一本于兴利。故曰:

> 生利既有节,死利亦有节。墨家之法,不失死生之利。

知墨家之法,"不失死生之利",即墨家节葬、节用之义皆可知矣。

第九章 非乐

非乐，亦节用之义也。墨家言用，专主于物质而遗去精神一面。凡可以动人美感而缺乏实用者，皆厉禁之。以为事物之愈远于美感者，愈切于实用。而切于实用者，往往缺乏美感。墨者为救天下之急，故对于一切娱乐品，可以博耳目身心之快感者，皆拒绝之。

钟鼓琴瑟之声，刻镂文章之色，犓豢煎炙之味，高台厚榭之居，虽身居之而知其安，口尝之而知其甘，目睹之而知其美，耳听之而知其乐。然而上考之不中圣王之事，下考之不中万民之利者，则墨子弗为。

耳目口体之乐，均不切于实利。而其中尤以耳乐为最要妙。声音之道，感人深矣。乱世之末，音乐尤盛。故墨子所反对者，亦以此为最急。

凡目口鼻身之乐，其为害，人皆易知而非之。唯音乐之害不但不易知其非，反多从而誉之，以为治世之大具。儒家于此，尤再三致意焉。及墨子之世，而音乐之为害大著，未始非儒者提倡之过也。故墨家之节葬，为对儒家之礼而发。非乐，为对儒家之乐而发。皆直接驳斥礼乐说，而归宿于节用。儒者曰，礼乐治世之大具。墨者曰，礼乐费财之大端。二家之说孰是？余以"礼乐百年后兴"之说为最允当。意者，衣食既足，乃兴节文耶。然则讲礼乐于民穷财尽之日，几何不为腐儒笑耶？吾常曰，墨者非乐，非不知乐，为救世之急也。

墨子以为乐之可非者，约有四端：

(一) 乐器废财：

> 今王公大人虽无造为乐以为事乎国家，非直掊潦水折壤坦而为之也，将必厚措敛乎万民以为大钟鸣鼓琴瑟竽笙之声。古者圣王亦尝厚措敛乎万民以为舟车。既以成矣，曰，吾将恶许用之。曰，舟用之水，车用之陆，君子息其足焉，小人休其肩背焉。故万民出财费而予之，不敢以为戚恨者，何也？以其反中民之利也。然则乐器反中民之利亦若此，即我弗敢非也。然则当用乐器，譬之若圣王之为舟车也，即我弗敢非也。民有三患，饥者不得食，寒者不得衣，劳者不得息，三者民之巨患也。然即当为之撞巨钟，击鸣鼓，弹琴瑟，吹竽笙而扬干戚，民衣食之财，将安可得乎？即我以为未必然也。意舍此，今有大国即攻小国，有大家即伐小家，

强劫弱，众暴寡，诈欺愚，贵傲贱，寇乱盗贼并兴，不可禁止也。然即当为之撞巨钟，击鸣鼓，弹琴瑟，吹竽笙而扬干戚，天下之乱也，将安可得而治与？即我以为未必然也。是故子墨子曰，故尝厚措敛乎万民以为大钟鸣鼓琴琴竽笙之声，以求兴天下之利，除天下之害，而无补也。是故子墨子曰，为乐非也。

（二）乐人伤财害民：

今王公大人唯毋处高台厚榭之上而视之钟犹是延鼎也，弗撞击将何乐得焉哉？其说将必撞击之。唯勿撞击，将必不使老与迟者。耳目不聪明，股肱不毕强，声不和调，明不转朴。使丈夫为之，废丈夫耕稼树艺之时。使妇人为之，废妇人纺绩织纴之事。今王公大人唯毋为乐亏夺民衣食之财，以拊乐如此多也。是故子墨子曰，为乐非也。今大钟鸣鼓琴琴竽笙之声，既已具矣，大人锈然奏而独听之，将何乐得焉哉？其说将必与贱人不与君子。与君子听之，废君子之听治。与贱人听之，废贱人之从事。今王公大人唯毋为乐亏夺民之衣食之财，以拊乐如此多也。是故子墨子曰，为乐非也。昔者齐康公兴乐万万人，不可衣短褐，不可食糠糟。曰食饮不美，面目颜色，不足视也。衣服不美，身体从容丑羸，不足观也。是以食必粱肉，衣必文绣，此掌不从事乎衣食之财而掌食乎人者也。是故子墨子曰，今王公大人唯毋为乐亏夺民衣食之财，以拊乐如此多也。是故子墨子曰，为乐非也。

（三）听乐则废事失职：

今人固与禽兽麋鹿蜚鸟贞虫异者也。今之禽兽麋鹿蜚鸟贞虫，因其羽毛，以为衣裘。因其蹄蚤，以为绔屦。因其水草，以为饮食。故唯使雄不耕稼树艺，雌亦不纺绩织纴，衣食之财固已具矣。今人与此异者也。赖其力者生，不赖其力者不生。君子不强听治，即刑政乱。贱人不强从事，即财用不足。今天下之士君子，以吾言为不然。然即姑尝数天下分事而观乐之害。王公大人蚤朝晏退，听狱治政，此其分事也。士君子竭股肱之力，亶其思虑之智，官府收敛关市山林泽梁之利以实仓廪府库，此其分事也。农夫蚤出暮入，耕稼树艺，多聚叔粟，此其分事也。妇人夙兴夜寐，纺绩织纴，多治麻丝葛绪綑布縿，此其分事也。今唯毋在乎王公大人说乐而听之，即必不能蚤朝晏退听狱治政，是故国家乱而社稷危矣。今唯毋在乎士君子说乐而听之，即必不能竭股肱之力，亶其思虑之智，内治官府，外敛关市山林泽梁之利，以实仓廪府库，是故仓廪府库不实。今唯毋在乎农夫说乐而听之，即必不能蚤出暮入，耕稼树艺，多聚叔粟，是故叔粟不足。今唯毋在乎妇人说乐而听之,即必不能夙兴夜寐,纺绩织纴,多治麻丝葛绪捆布縿,是故布縿不兴。曰,孰为大人之听治而废国家之从事,曰乐也。是故子墨子曰,为乐非也。

综观墨子非乐论之根据,与节葬同。一言以蔽之,曰:

亏夺民衣食之财。

《非乐上》第一节,论此义最透。

子墨子曰,仁人之事者,必务求兴天下之利,除天下之害,将以为法乎天下。利人乎即为,不利人乎即止。且夫仁者之为天下度也,非为其目之所美,耳之所乐,口之所甘,身体之所安。以此亏夺民衣食之财,仁者弗为也。是故子墨子之所以非乐者,非以大钟鸣鼓琴瑟竽笙之声,以为不乐也。非以刻镂华文章之色,以为不美也。非以犓豢煎炙之味,以为不甘也。非以高台厚榭邃野之居,以为不安也。虽身知其安也,口知其甘也,耳知其乐也,然上考之不中圣王之事,下度之不中万民之利。是故子墨子曰,为乐非也。

据此则墨子反对为乐,完全从亏夺万民衣食之财立论。若其娱乐而不损及他人之衣食，则子墨子固不过问。岂但不过问，寖假而有利于人，将赞许之不暇。其言曰：

> 若圣王之为舟车也，则我弗敢非也。古者圣王亦尝厚措敛乎万民，以为舟车。既已成矣，曰，吾将恶许用之。曰，舟用之水，车用之陆。君子息其足焉，小人休其肩背焉。故万民出财，赍而予之，不敢以为戚恨者，何也？以其反中民之利也。然则乐器反中民之利亦若此，则我弗敢非也。（《非乐上》）

今之论者，以墨子非乐，只知有物质上之利，而忘却精神上之益，为非乐论一大缺点。由今观之，墨子所谓利者，固不止物质的，而亦兼有精神的。不过利有缓急，有本末。先其急后其缓，培其本削其末，而后利乃可长久。若夫先缓后急，培末削本，损大利以规小益，在墨家论理法固不许也。

娱乐之使精神快愉，墨子未尝不知。知之而又非之何也，以其以小不快而易得大快也。夫人露宿于风雨之中，三日不食，身无衣无褐，又不能行动，虽有清歌发于左，妙舞陈其右，吾未见其能乐也。又使全国之人，呻吟于虐政之下，憔悴于兵戈之间，耳闻杀伐，目睹侮辱，回头视父母兄弟，夫妻子女，皆为奴为虏，试问此时为之奏黄宫大吕，舞韶濩大夏，能安然听之，怡然观之乎？若其不能，其精神上之痛苦为何如哉？若其能也，异日钟鸣漏尽，酒阑人散，厨下之炊爨无烟，堂前之丝竹生尘，当尔之时，又焉能以精神之快感，补物质之损失哉？是故子墨子之非乐，非不知乐之为乐也，以为必待衣食住行男女器用六种之欲满足以后，而后为乐。若其损必要之需，以奉目前之乐，则其乐将有不胜苦者。又况损天下之利，以易一人之乐，神明固受惨悼。是故子墨子之非乐，乃兼权苦乐利害，如严父之爱子弟不务姑息焉。兹归纳非乐论之二要点，以为比较苦乐利害者之标准。

一曰：不以赘余之乐，易必至之忧。
二曰：不以少数之利，遗多数之害。

此墨子非乐论之要点，亦即节用、节葬之根本义也。

墨家十义，诽誉参半。唯非乐论见讥于君子，殆一辞焉。当时程繁驳之曰：

昔者，诸侯倦于听治。且于钟之乐……农夫春耕夏耘，秋收冬藏，且于瓦缶之乐。今夫子曰，圣王不为乐矣。此譬之犹马驾而不税，弓张而不弛，无乃非有血气者之所能治乎。

庄子《天下》篇评之曰：

其道太觳，使人忧，使人悲，其行难为也。恐其不可以为圣人之道。反天下之心，天下不堪。墨子虽能独任，奈天下何。离于天下，其去王也远矣……以此爱人，恐不爱人。以此自爱，恐不爱己。

荀子《乐论》，特为反对《非乐》而作。其言圣王所以为乐之故，颇能传儒家精义。兹录数则如下：

夫乐者乐也，人情之所不能免也。故人不能无乐。乐则必发于声音，形于动静。而人之道，声音动静生术之变尽是矣。故人不能无乐，乐不能无形，形而不为道，则不能无乱。先王恶其乱也，故制雅颂之声以道之。使其声足以乐而不流，使其文足以辨而不諰，使其曲直繁省廉肉节奏，足以感动人之善心，使夫邪污之气无由得接焉，是先王所以为乐之方也。而墨子非之，奈何！

墨子曰，乐者，圣王之所非也，而儒者为之过矣。君子以为不然。乐者，圣人之所乐也，而可以善民心。其感人深，故乐行而志清，礼修而行成。耳目聪明，血气和平。移风易俗，天下皆宁。美善相乐，君子乐得其道，小人乐得其欲……而墨子非之。（前后言墨子非之者，凡四五，兹不具引。）

《非乐》各论：所谓"张而不弛，非有血气者所能治""反天下之心，天下不堪""先王不能无乐，美善相乐"等义，皆只知乐之所以为乐（音洛），而不知乐之所以生悲；皆只知以乐为乐，而不知以乐较苦。此其所以蔽也。墨子答程繁曰："圣王不为乐，虽为乐亦仅矣。"此语骤视之，若为繁问所窘之一种遁词，实则"乐寡治繁，乐繁治寡"，乃为治不易之道。衣食不充而能以美育化天下者寡矣。不能使天下衣食而藉曰"美育"，此"凶年食肉糜"之说也。

墨子之节葬、非乐，皆为节用计。而节用，则为天下计。其为天下计也，忧不足也。忧其不足，始教以足之道。若其足也，宁有教人恶衣菲食，苦身劳心，以为爱人之道哉？是故墨子之生不歌，死无服，非不自爱，恐不爱人；非不爱人，恐不能爱人。庄子《天下》篇曰："以绳墨自矫，而备世之急。"荀子曰："墨子为天下忧不足。"知言哉，知哉。知墨子之尚俭而为天下忧不足也，则墨家一切矫情抑性之论，皆可以了然矣。其言虽偏激，为救弊而发，则未尝非中道也。

至于反天下之心，天下不堪。此乃天下人之过，非墨子之过。墨子以为众人熙熙，而我独郁郁，为天下忧贫，为天下谋治，不得不为人之所难堪，以为天下倡，而众人则安于贫乐于乱。是天下之自为偷惰也，于墨子夫何尤。

第十章 非命

非命，救惰也。为力时故，是故非命。

命为墨子以前中国传统思想之一。纣之言曰："我生不有命在天。"《诗》人颂文王曰："周虽旧邦，其命维新。"或兴或亡，或成或败，皆引命以自饰。及孔子倡儒术而命之说大盛。曰："不知命无以为君子。"曰："死生有命，富贵在天。"曰孔子进以礼，退以义，得之不得曰"有命"。曰："道之将兴，命也。道之将废，命也。公伯寮其如命何？"命之一字，实儒教之中坚也。墨子以勉人为义，而执有命，是犹人葆而去其冠也。故曰：

> 以命为有贫富贵贱治乱安危，有极矣，不可以损益也。为上者行之，必不听治矣。为下者行之，必不从事矣。此足以丧天下。

《非命》篇更痛论其弊曰：

今执有命者之言曰，命富则富，命贫则贫，命众则众，命寡则寡，命治则治，命乱则乱，命寿则寿，命夭则夭。上以说王公大人，下以阻百姓之从事，故执有命者不仁。

今也王公大人之所以蚤朝晏退听狱治政，终朝均分而不敢怠倦者，何也？曰彼以为强必治，不强必乱。强必宁，不强必危。故不敢怠倦。今也卿大夫之所以竭其股肱之力，殚其思虑之知，内治官府，外敛关市山林泽梁之利以实官府而不敢怠倦者，何也？曰彼以为强必贵，不强必贱。强必荣，不强必辱。故不敢怠倦。今也农夫之所以蚤出暮入，强乎耕稼树艺，多聚叔粟而不敢怠倦者，何也？曰彼以为强必富，不强必贫。强必饱，不强必饥。故不敢怠倦。今也妇人之所以夙兴夜寐，强乎纺绩织纴，多治麻丝葛绪布縿而不敢怠倦者，何也？曰彼以为强必富，不强必贫。强必暖，不强必寒。故不敢怠倦。今虽毋在乎王公大人蒉若信有命而致行之，则必怠乎听狱治政矣，卿大夫必怠乎治官府矣，农夫必怠夫耕稼树艺矣，妇人必怠乎纺绩织纴矣。王公大人怠乎听狱治政，卿大夫怠乎治官府，则我以为天下必乱矣。农夫怠乎耕稼树艺，妇人怠乎纺绩织纴，则我以为天下衣食之财，将必不足矣。

执有命者之言曰，上之所赏，命固且赏，非贤故赏也。上之所罚，命固且罚，不暴故罚也。是故入则不慈孝于亲戚，出则不弟长于乡里，坐处不度，出入无节，男女无辨。是故治官府则盗窃，守城则崩叛，君有难则不死，出亡则不送。此上之所罚百姓之所非毁也。执有命者言曰，上之所罚，命固且罚，不暴故罚也。上之所赏，命固且赏，非贤故赏也。以此为君则不义，为臣则不忠，为父则不慈，为子则不孝，为兄则不兄，为弟则不弟。而强执此者，此特凶言之所自生，而暴人之道也。

上世之穷民，贪于饮食，惰于从事，是以衣食之财不足，而饥寒冻馁之忧至。不知曰，我罢不肖，从事不疾，必曰我命固且贫。昔上世暴王，不忍其耳目之淫，心涂之辟，不顺其亲戚，遂以亡失国家，倾覆社稷。不知曰，我罢不肖，为政不善，必曰吾命固失之。

今用执有命者之言，则上不听治，下不从事。上不听治，则刑政乱；下不从事，则财用不足。上无以供粢盛酒醴祭祀上帝鬼神，下无以绥天下贤可之士，外无以应待诸侯之宾客，内无以食饥衣寒将养老弱。故命上不利于天，中不利于鬼，下不利于人。而强执此者，此特凶言之所自生，而暴人之道也。

非命之论证与明鬼用同一之法。其法维何，曰三表。三表

者,(一)上本之古者圣王,(二)下原察众人耳目,(三)发为刑政观其中百姓人民之利。兹分引其说如下:

(一)上本之古者圣王:桀纣执有命,汤武非命。

(二)下原察众人耳目之实:自古及今,亦尝有闻命之声,见命之物乎。

(三)发为刑政观其中民之利:执有命者之说,上不听政,下不从事。执非命者之说,则勉于从事听政。

执三表以检有命无命之说孰当,其疏漏自不待言。盖命者,非可闻之声、可见之形,不能以众人耳目为断。又行于事物之间,不能以圣王史迹为征。第三说乃利益众寡之问题,非有无之问题也。今墨子所与人辨者,为命之有无一事。有益与否,另一问题也。若使命诚有也,虽无益于人,安能毁灭?如其无也,虽有益于人,安能建立?今观墨子《非命》与《明鬼》适成反比例。鬼之有无,未可知也。今乃因其有益而建立为有。命之有无,亦未可知也。今乃因其有害而遮拨为无。是墨子之论证,不问其真不真,但问其善不善。其非命说未足为完全的证明也。

今请再征墨子他篇之言命者。命说自阴阳家而大盛,以为宇宙万事,皆系前定。不特富贵,贫贱,夭寿,治乱,有命在天。即一饮一啄,一举一动,莫非夙定。果如此,则人类几同草木。飘茵坠溷，各有前因。而人类毫无权力可言，亦无责任可负。贵不自贵，命固当贵。贱不自贱，命固当贱。然则善不自善，命固当善，恶不自恶，命固当恶耶。充类至尽，则主有命者，命固当持有命，主非命者，命亦当持非命耶。此则说之不可通者也。《贵义》篇载：

> 子墨子北之齐，遇日者。日者曰，帝以今日杀墨龙于北方，而先生之色黑，不可以北。子墨子不听，遂北而反焉。日者曰，我谓先生不可以北。子墨子曰，南之人不得北，北之人不得南，其色有黑者有白者，何故皆不遂也？且帝以甲乙杀青龙于东方，以丙丁杀赤龙于南方，以庚辛杀白龙于西方，以壬癸杀黑龙于北方，若用子之言，则是禁人行者也。是围心而虚天下也。子之言不可用也。

持有命者之言，流弊所极，必至人事尽废。然则知命，亦命也。不知命，亦命也。知命而无为，与不知命而有为，亦命也。且也，知命而无为，与不知命而有为，其间或得或失，或遂或不遂，亦命也。安命亦命，不安命亦命，则有命等于无命。人亦何故不可舍命而论力哉？《墨经》曰：

> 五行无常胜，说在直（同值）。

直，言适逢其会也。物之克生，命也；其相值之多寡，与其值之关系，则属于人事，所谓力也。"五行无常胜"，言变化无端之义。天地之间，有化无常，有变无故。是故一池之水，因风成绉，投之以石，则浪在圆心矣。千仞之木，临崖成荫，斧之以薪，则断在沟中矣。物安有命，随力而变耳。故曰，说在直。

自变化之说，不明于世。后之儒者，如董仲舒、王充之流，皆持阴阳家言，盛谈有命。至张湛、列子，更设力命之辨。推波助澜，为命张目。迄于今，安命乐天之说，腐烂人心，至不可救。呜呼，命说不灭，安有人治之可言哉？

或问，墨家言天而非命，何也？曰，天者，有最高之赏罚权者也。有命，则一切由命而不由天矣。一切由命而不由天，天更有何赏罚之足云哉？是故言天命者曰："天难谌，命靡常。"赋命由天，造命由人可也。

结 论

上述墨子学说为兼爱、非攻、尚同、尚贤、天志、明鬼、节用、节葬、非乐、非命十章。墨子大义，略尽此矣。尚有三事，为读吾书者敬告。

（一）读吾书者，当时时存一大禹之人格与社会在。墨子之学，远祖大禹。禹为开创中原平治水土之第一人，亦为会合诸侯，亲履万邦，而定一统之第一人。中国之有今日，称疆域者曰"禹域"，称民族者曰"华夏"，皆禹一人开辟搏结之功。所谓："微禹，吾其鱼乎。"禹之气魄与勋业，实上迈尧舜而远过汤武，其流风遗教，允为中国世法。墨子赞禹之绪，处周之末，背周道而用夏政，其所倡导之十义，皆禹之旧教，而中夏之故物也。兼爱尚同，禹实有之。节用非命，禹实行之。故能由一隅而扩至九州，由一人而抟合万邦，其坚苦卓越博大公平之精神，不特可以代表中夏，实足以仪型万类。周家之兴也以征伐，而文武太公实兼阴符之术，其得国也有惭德。姬旦精思，用作周礼，盖欲造成大一统而私天下之局。观其封建诸侯，屏藩内外，异姓同姓之间，其雄猜阴狠之情，不下汉高明太。孔子生于鲁，习闻周礼，而未察其私天下之隐，徒取其粲然之迹发挥而光大之。故儒术兴于鲁，实秉周公之旧，为周礼作宣传，完成其大一统之计划而已。其于民族文化发展，虽有推助之功，而其忘大禹之"无间然"，用西周之"未尽善"，则犹不免有可议者。周公之学，出自文王，杂有歧周遗俗，实西戎之教也。孔子所学之周公，乃西戎文化之扩大者。唯墨子远祖大禹，会万国，平九州，选天子，建诸侯，兼容并包，一视同仁，其不矜不伐，克勤克俭，务为万民兴利除害而后已，乃真华夏固有之宗教而禹域之旧学也。今欲重振华夏，再建禹域，非恢大禹之精神不为功。读《墨子》者，当时时有大禹之人格与社会在。心大禹之心，行大禹之行，学大禹之学，志大禹之志。诚如是，岂唯中夏民族是赖，将再建一九州外之九州，环瀛海而禹域之，其功岂不伟欤。不如是，则所谓"非禹之道，不足为墨"者也。

（二）**读吾书者，当存一上可以为天子，下可以为农夫之想，而不必为士**。中国学人，中儒术之弊者多端，而其最大之害，则为"上不敢为天子而下不肯为农夫"是也。天子者，政长之一也。天下为公，选贤与能，民不可不有政，政不可不有长。有政长而不选天下之贤者以为之，或天子之贤者不肯为政长,则天下往往大乱,复反于"一人一义,十人十义,若禽兽然"之社会。故《尚同》篇主张选择天下之贤者,立以为天子、三公、诸侯、邦国乡家各级政长。假令天下之墨者不肯为天子诸侯及各级政长,试问于何选天下非墨之贤?是故墨家不辞为政长,虽天子可为也。然天下之人皆为墨者可也,而天下之墨者皆为政长不可也。于是有不必从政之墨。子墨子言曰:"能谈辨者谈辨,能说书者说书,能从事者从事,譬如筑墙,掀者掀,筑者筑,其功一也。"是故男子稼穑耕耘,妇女蚕绩桑麻,百工利器用,商贾通货财,百官有司,各以其职尽力,苟心存乎兼爱,财务于节用,力作而非命,则天下之农也、商也、工也、吏也,皆墨也,可也。虽贵为天子,不失为墨;贱为啬夫,不害为墨。通天下人皆墨可也。儒者则不然,曰勿学稼,勿学圃,又曰:"君子劳心,小人劳力。劳心者治人,劳力者治于人,天下之通义也。"于是后之儒者,皆愿为君子而不愿为小人。皆欲为治人之人,而不愿为治于人之人。于是,趋天下之儒者,皆为不事生产坐而食于人之徒。非上为贵族之门客,下为间里之书佣,则不足以自存。而农工商贾,又自别于儒之外,而为营营以生昧昧以死,不学无术,不信无义之另一种人。而天下之害,乃不在食人之小人,而在食于人之君子矣。又后世儒者之从事于治人也,仅为朝廷之附庸,而不肯为政治之主体。于天子,则曰世袭也,非所问也。于诸侯,则曰封建也,非所冀也。但思将顺之,匡救之,虽遇至无道之君亦不作革代之想，唯退而远隐以待。故曰："天地闭，贤人隐。"隐者何，待新圣之招也。其于旧国也，既不敢为革命之思。其于新朝也，又不肯作从附之举。当世鼎沸，则远引而高蹈。及世平夷，则弹冠而引领。帝王乃成功之寇盗，宰相则应世之大儒。夫以寇盗而用大儒，其儒术之存也几希。二千年来，为政治上造成一种"禄蠹"，为社会上造成一种"人瘤"，则儒家"上不敢为天子而下不肯为农夫"之过也。是故知墨家之尚贤尚同非命节用之义，人人平等，事事尽分，则墨者上可以为天子而不必待用于人，下可以为农夫而不必仰食于国。通人类可行之，岂止一士人一官吏之教义也哉。

（三）读吾书者，当知大同传墨家之学，唯实行墨子之学者乃可以实现之。《礼运》大同之说，颇与儒家言出入。学者或疑为非孔氏书，或以为学老庄者掺入之。实则墨子之说，而子游弟子援之以入儒耳。盖儒者数传之后，墨家兼爱尚同之理想已大见重于人世。孔子所谓尧舜犹病者，而墨子以为实行不难，故当时学者多逃儒而归墨。子游弟子等忧之，乃援墨入儒，谓仲尼亦有此说云耳。明知墨家之兼爱，与儒家之礼不相容，别为大同、小康二说。谓时机未至。姑先行小康之治以徐企于大同。此《礼运》之所由作也。今考《礼运》大同说，与其他儒家言不甚合。而与墨子书不但意义多符，即文句亦无甚远。天下为公，则尚同也。选贤与能，则尚贤也。讲信修睦，则非攻也。不独亲其亲，不独子其子，则兼爱也。货恶其弃其地,力恶其不出于身,则节用、非命也。使老有所终,壮有所用,幼有所长,矜寡孤独废疾者皆有所养,则"老而无妻子者,有所侍养以终其寿,幼弱孤童之无父母者,有所放依以长其身"之文也。货不必藏于己,力不必爱己,则"余力相劳,余财相分,良道相教"之意也。诈谋闭而不用,盗贼窃乱不作,亦"盗贼无有""谁窃""谁乱"之语也。综观全文,约百余字,大抵摭拾《墨子》之文而成。其为墨家思想,甚为显著。故读《墨子》者,不可不知"大同"为墨家之学,而力谋所以实现,而梦想大同者,亦不可不于墨家言求之。(下文圣人能使天下为一家,中国为一人,亦《墨子·尚同》篇语。)

图书在版编目（CIP）数据

墨子大义述/伍非百著 . —济南：山东文艺出版社，
2018.7

（齐鲁文化研究文库）

ISBN 978-7-5329-5656-2

Ⅰ.①墨… Ⅱ.①伍… Ⅲ.①墨翟（前468—前376）
—哲学思想—研究②《墨子》—研究 Ⅳ.① B224.5

中国版本图书馆 CIP 数据核字（2018）第 098770 号

责任编辑：冯　晖
装帧设计：刘小军

墨子大义述

伍非百　著

主管单位	山东出版传媒股份有限公司
出版发行	山东文艺出版社
社　　址	山东省济南市英雄山路 189 号
邮　　编	250002
网　　址	www.sdwypress.com
读者服务	0531-82098776（总编室）
	0531-82098775（市场营销部）
电子邮箱	sdwy@sdpress.com.cn
印　　刷	山东临沂新华印刷物流集团有限责任公司
开　　本	890 毫米 ×1240 毫米　1/32
印　　张	5
字　　数	120 千
版　　次	2018 年 7 月第 1 版
印　　次	2018 年 7 月第 1 次印刷
书　　号	ISBN 978-7-5329-5656-2
定　　价	42.00 元

版权专有，侵权必究。如有图书质量问题，请与出版社联系调换。